Sepp Kahn

Drei Bauern auf Wallfahrt
und andere Kurzgeschichten

Berenkamp

Sepp Kahn

Drei Bauern auf Wallfahrt
und andere Kurzgeschichten

Berenkamp

Berenkamp

Alle Rechte vorbehalten
1. Auflage © Juni 2016
2. Auflage © Jänner 2017
Berenkamp Buch- und Kunstverlag
Wattens–Wien
www.berenkamp-verlag.at
ISBN 978-3-85093-344-5

Gedruckt mit freundlicher Unterstützung
des Amtes der Tiroler Landesregierung, Abteilung Kultur

 Kultur

Bibliographische Information der Deutschen Bibliothek

Die Deutsche Bibliothek verzeichnet diese Publikation in
der Deutschen Nationalbibliographie; detaillierte bibliographische
Daten sind im Internet über http://dnb.ddb.de abrufbar.

Inhaltsverzeichnis

7	**Der Wallfahrt erster Teil**
83	**Der Wallfahrt zweiter Teil**
85	Dienstag, 26. Jänner 2016 Dreiviertel zehn Uhr abends
94	Mittwoch, 27. Jänner 2016 Früher Nachmittag
100	Montag, 1. Februar, 2016 Fünf vor acht Uhr abends
107	**Literarischer Nachschlag**
109	Zwei Sieger?
111	Eigentor?
112	Vorsicht
113	Pech
114	Der Stuhl
114	Durchs Rohr geschaut
115	Verkalkuliert
115	Nur ein Verdacht
116	Der Knorpel
116	Falscher Verdacht
117	Opa
117	Festesfreude
118	Geburtstagsfeier
118	Falsche Haarpracht
119	Spaziergang am See
119	Endlich wieder

Der Wallfahrt erster Teil

Freitag, der 6. November im Jahr 2015

Sechs Uhr fünfzehn. Es ist noch rundum dunkel, aber dahinter kann man fast den schönen Tag erahnen. Dass es trocken ist, merkt man daran, dass es nicht regnet. Die Luft ist klar und kalt, der Morgen kündigt sich an, noch aber ist es fast dunkel. Das Tageslicht wird jedoch ohne Zweifel bald die Oberhand gewinnen. Im Halbdunkel sind am Luecher Bach im Ortsteil Mühltal von Itter drei Gestalten unterwegs. Das sind wir: der Sepp, der Simon und ich – drei Bauern! Auf Wallfahrt sind wir, zu Fuß! Ja, auch wir Bauern können zu Fuß gehen, wenn wir auch lieber mit dem Traktor oder Auto fahren. Eine Fußwallfahrt mag nicht jeder – auf Wallfahrt fahren, das schon eher: Da fahren sie dann nach Absam oder Mariazell, und die Besseren nach Rom zum Heiligen Stuhl oder gar nach Lourdes oder ins Heilige Land – aber auch das ist in den letzten Jahren allgemein weniger geworden. Wahrscheinlich, hat einmal einer gesagt, geht's den Leuten zu gut, da denkt man weniger an den Herrgott und lässt ihn, wenn's nichts kostet, einen guten Mann sein.

⁓⁓

Wenn ich zuerst gesagt habe – drei Bauern – so stimmt das nicht mehr. Doch, stimmen tut's eigentlich schon, aber nicht ganz genau ist's halt. Wir sind nämlich Altbauern, alle drei, haben schon an die Jungen übergeben. Mir hat das am Anfang noch manchmal wehgetan, wenn darauf hingewiesen worden ist, bewusst oder unbewusst. Inzwischen hab' ich mich dran gewöhnt. Simon ist mit dem neuen Umstand noch nicht ganz im Reinen – er schaut aber auch noch etwas jünger und schöner aus, als er tatsächlich ist. Schuld sind wir selber, dass wir die Alten sind. In jungen Jahren haben wir uns

– jeder für sich – mit einer Frau zusammengetan, was dann Auswirkungen gehabt hat. Beim einen mehr, beim anderen weniger. Aber geprägt hat es jeden.

Noch etwas will ich gleich klarstellen: Warum gehen wir drei allein wallfahrten? Ohne unsere Frauen? Dafür gibt es, wie meistens im Leben, Gründe, die einleuchtend, und solche, die Ausreden sind. Erstens soll man das Haus nicht ganz allein lassen. Zweitens haben unsere Frauen – alle drei – Bedenken geäußert, ob ein so langer Fußmarsch an einem Tag schadlos zu bewältigen ist. Drittens: Soll man es den Frauen nicht einmal gönnen, zwei Tage lang tun und lassen zu können, was sie wollen, ohne dass wir dreinreden? Manche Frau tut das auch so schon, aber der Meinen vergönn' ich das jetzt einmal. Viertens: Das Gleiche gilt umgekehrt auch für uns; in Ruhe und Stille unterwegs zu sein, wird für uns vielleicht eine Herausforderung, ganz bestimmt aber eine Erholung sein. Und fünftens – und das soll nicht vernachlässigt werden: Wir können in unserer Andacht von den Frauen nicht abgelenkt werden!

Frohgemut setzt jeder von uns einen Fuß vor den anderen und bringt dadurch den ganzen Körper in Schwung. Beim „Rössl" haben wir uns getroffen. Jeder hat sein Auto auf dem dortigen Parkplatz abgestellt und dann den jeweils eigenen Rucksack geschultert. Aus verschiedenen Ortsteilen unseres Dorfs sind wir beim „Rössl" zusammengekommen: Simon aus dem Kirchdörfl im Zentrum, Sepp vom Barmerberg und ich von Schwendt.

Das Wirtshaus „Rössl" im Itterer Mühltal gibt es seit 1664. Man erzählt sich, dass im Schloss Itter dereinst ein Raubritter hauste, der die fahrenden Händler, die beim Mühltalwirt einkehrten, ausraubte und die Beute durch einen unterirdischen

Gang, der das Gasthaus mit dem Schloss verband, in Sicherheit brachte. Raubritter gibt's schon lange keinen mehr, dafür machte manche Persönlichkeit Rast in dem freundlichen Haus: der Hans Moser zum Beispiel, Otto von Habsburg, der Heilpraktiker Hans Neuner, der Landeshauptmann Wendelin Weingartner und der Salzburger Erzbischof Andreas Rohracher. Und damit sind wir wieder bei Kirchlichem und damit beim Anlass, weshalb wir im Ortsteil Mühltal unterwegs sind.

Vor lauter Freude auf den heutigen Tag habe ich in der Nacht schlecht geschlafen, bin auch ein paarmal munter geworden und stundenlang hellwach gewesen. Und in der Früh hat mich der Wecker so „derschreckt", dass ich danach direkt Kopfweh gehabt hab'. Der Rucksack, den ich trage, ist nicht schwer – viel hab' ich ja nicht mit. Ein bissl Jause, Zahnputzzeug und etwas zu trinken. Dann noch ein zweites Hemd, Unterwäsche, eine kurze Pyjamahose, ein Taschenmesser und für alle Fälle eine kleine Taschenlampe. In der Jackentasche stecken noch die Brille und der Plan, den mir Carmen vom Tourismusbüro gegeben hat, damit wir nicht planlos durch Tirol laufen.

„Fünfzig Kilometer sind das von Itter bis Sankt Georgenberg", hat sie ausgerechnet und den Kopf geschüttelt. „Da geht ihr ja zehn Stunden oder mehr."

„Ja und?", hab' ich geantwortet, „schlimmstenfalls fahren wir halt ein Stück mit dem Zug."

Nun gehen wir über eine Brücke, verlassen somit das Hoheitsgebiet unserer Gemeinde und befinden uns auf Kirchbichler Boden. Der Bach ist nämlich die Grenze. Weiter oben, zwischen Bichmühle und Schwendtermühle, haben wir als Buben in diesem Bach gefischt. Mit bloßen Händen – manchmal ist aber doch einer hängen geblieben.

෴

„Es ist schon bald hell", bemerkt Simon. Wortlos stimme ich ihm zu.

„Nein, ganz Tag ist es noch nicht", hält Sepp dagegen. „Wenn's hell wär', tät' kein Licht brennen." Im Stall von dem Bauernhof, an dem wir vorbeimarschieren, brennt aber Licht. Wir sehen auch den Bauern bei der Arbeit. Hoffentlich bemerkt er uns nicht. Ich seh' es den beiden an, auch sie haben kein gutes Gefühl. Normalerweise würden wir jetzt auch im Stall stehen. Ach was, richtige Deppen sind wir – wir sind in Pension, haben über sechzig Jahre gearbeitet (vielleicht auch nur über fünfzig) und können es uns leisten, einmal nichts zu tun. Und was heißt da „nichts tun" – stimmt gar nicht, denn wir machen eine Wallfahrt.

„Der hat uns gar nicht gesehen", atmet Simon auf.

„Scheiß dich was", meint Sepp trocken.

Unsere Gedanken sind sehr ähnliche gewesen.

Warum gehen wir überhaupt wallfahrten? Diese Fragen haben wir schon in den Vorbereitungssitzungen eingehend besprochen. Da ist uns manches in den Sinn gekommen: Nun, man kann einfach gehen, damit man sich bewegt – ohne Hintergedanken; viele gehen aber, weil sie von Gott etwas erbitten, andere wiederum wollen Gott – vielleicht auch der Gottesmutter Maria – danken für dieses oder jenes oder einfach eine Tradition hochhalten. Für mich gelten alle drei Punkte. Ein bisschen plagt mich das schlechte Gewissen, weil ich den ganzen Sommer über in keine Kirche gekommen bin – und das war heuer schon der sechsundzwanzigste Sommer hintereinander. Im Sommer bin ich nämlich Senner auf der Alm. Dort fährt kein Linienbus des Verkehrsverbunds Tirol, und Auto hab' ich dort droben erst recht keins, weil das ja die Meine im Tal braucht, damit sie die Sachen zu mir bringen kann, mit denen sie mich an den Wochenenden versorgt. Ganz in meinem Innersten, in meinem Herzen, fühle ich schon länger einen kleinen Funken, eigentlich ist es eine Frage oder eine

Bitte – die will ich, wenn wir auf dem Georgenberg in der Kirche sind, der Muttergottes vortragen. Und weil mir hin und wieder auch Angenehmes geschieht und ich im Großen und Ganzen mit mir, der Meinen, den Kindern und einigen anderen zufrieden sein darf, möcht' ich dem Herrgott auch danken – und der Gottesmutter auch.

Hurtig geht Simon voraus und bestimmt das Tempo. Das er jetzt angeschlagen hat, wird er nicht bis ans Ziel durchhalten, denk' ich mir. Simon ist Landbauer, lebt, wohnt und arbeitet – das allerdings nicht immer – aber mitten im Dorf; er hat Familie, einen Glauben und achtzehn schöne Kühe, außerdem eine stattliche Figur und spielt seit ein paar Jahren auf der Ziehharmonika, einige Stücke auch schon fehlerfrei. Sogar an einem Förderkurs für Musik-Nachwuchstalente hat er teilgenommen. Über die Bezirksgrenze hinaus berühmt ist er noch nicht, aber auf dem besten Weg dazu. Neuerdings befasst sich Simon auch mit Bienen. Und das mit Erfolg. Allerdings ist er einer Leidenschaft verfallen: Simon ist fanatischer Kartenspieler! Was er da wohl auf dem Georgenberg macht? Der Gedanke beschäftigt mich schon seit Tagen.

Sepp ist Bergbauer, aber ein richtiger. Am Berg oben, nicht ein einziges ebenes Fleckl haben sie. Steil ist es, ein Stadtmensch würde sofort „abkugeln". Nebenbei hat er noch arbeiten gehen müssen. Heute helfen auch Schafe mit, dass die steilen Felder nicht verwildern. Sepp geht auch öfters in die Kirche, ist ein paar Zentimeter kleiner als Simon, kräftig gebaut und hat ein … ja, der Sepp hat ein verwegenes Aussehen. In einem Wildererfilm würde er nicht gute, sondern beste Figur machen. Auch Sepp ist Kartenspieler, ein äußerst gerissener noch dazu!

Und dann bin noch ich. Der zweite Sepp. Kühe haben wir weniger als Simon, aber mehr als der Sepp am Berg gehabt hat. Vom Gewicht her bin ich beiden deutlich unterlegen, doch ich kann etwas anderes, sagt man zumindest: schreiben!

Schreiben können die beiden auch, doch sie tun es nicht so gern. Noch etwas verbindet uns – auch ich bin Kartenspieler. Jeden Sonntag nach dem „Kirchen" treffen wir uns und spielen Karten bis Mittag – beim „Rösslwirt". Ein paar Mal, jedenfalls ganz selten, ist es auch ein bisschen nach zwölf geworden: Wenn zuletzt Gleichstand eingetreten ist, und wir noch ein Spiel „ums besser sein" tun haben müssen. Allerdings wirkt sich so etwas dann nicht förderlich auf die entspannte Nachmittagsstimmung daheim aus. Beim Kartenspielen sind wir eigentlich zu viert, Toni ist noch dabei. Toni hat aber gleich abgewunken, als ich ihnen von meinem Vorhaben, wallfahrten zu gehen, erzählt habe. „Meine Haxen", hat er gesagt. Ja, Toni läuft nicht mehr ganz so rund …

„Was schmeckt denn da so?" Der Sepp. Ein süßlicher Geruch liegt in der Luft. In der nächsten Sekunde wissen wir es: Ein Silobauer ist in der Nähe! Unsere vom würzigen Heuduft der Itterer Wiesen verwöhnten Nasen haben sofort Alarm geschlagen. Aber auch die Bauern jenseits unserer Dorfgrenze sind überzeugt, das Richtige zu tun.

Ein alter Bauernhof kommt in Sicht. Eine Jahreszahl steht über dem Eingang. Über vierhundert Jahre alt – und schön renoviert und instand gehalten.

Noch ist keine Stunde um, und wir gehen jetzt der Brixentaler Ache entlang langsam auf Bruckhäusl zu, einem Ortsteil von Kirchbichl. Wir verlassen also den Bezirk Kitzbühel, ab jetzt ist die Bezirkshauptmannschaft Kufstein zuständig. Langsam eröffnet sich uns eine neue, bisher unbekannte Perspektive auf den kleinen Ort.

Die Häuser, an denen wir nun an der Rückseite vorbeigehen – sonst kennt man sie vom Vorbeifahren nur von vorn –, haben ein zweites Gesicht. Hasen, Ziegen, Hühner und anderes Getier können sich dort vergnügen und ernähren. Und später können die Jungen das Haus erweitern oder dazubauen – oder auch nicht. Jedenfalls haben die derzeitigen Besitzer an die Zukunft gedacht und noch Platz gelassen. Im Sommer werden sie heraußen, solang die Jungen nicht am Ruder sind, den Feierabend verbringen, grillen oder einfach nur die Ruhe genießen.

Bald nach der Bruckhäusler Pfarrkirche, die den hll. Peter und Paul geweiht ist, will Simon über die Brücke aufs andere Ufer der Ache.

„Weiter talaus ist besser", weiß Sepp.

Simon widerspricht. „Wir müssen aber auf die andere Seite!"

„Ja, deshalb gehen wir weiter draußen auch hinüber."

Dass man nur so stur sein kann – und das auf einer Fußwallfahrt!

Auch an einem großen Gebäude gehen wir hinten vorbei. Das war früher die Selbstbedienungs-Halle, kurz SB-Halle. Ja, so hat dieses Handelszentrum geheißen. Da hat man groß einkaufen können – und billiger. Immer hat es dort Aktionen gegeben. Allerdings hat man eine „Berechtigungskarte" vorweisen müssen. Woher hat meine Mutter die überhaupt gehabt? Heutzutage verlangen Großkaufhäuser keine solche Karte mehr, und auf dieser Halle steht jetzt ein anderer Name droben, die SB-Hall gibt es also nicht mehr – warum weiß ich nicht.

Weitere Großbetriebe, allesamt neu erbaute, säumen den Weg zu unserer Rechten.

Links entdeckt Simon etwas. „Schaut her, da hat er gearbeitet."

Ja, er ist wieder da, der Biber! Gewaltig, was so ein Nager für Zähne haben muss. Einige Erlen hat er schon umgelegt, bei ein paar anderen ist er an der Arbeit! Nicht jetzt, der nagt wahrscheinlich nur in der Nacht. Vermutlich hilft ihm die

Biberin dabei. Wie sagt man eigentlich zu einem weiblichen Biber?

∽∾

Ein großer Hund, eine lange, lockere Leine zwischen sich und einem schmächtigen Mann, begegnet uns. Alle grüßen wir, er grüßt auch.
Der Tag fängt also gut an.
Langsam nähern wir uns Wörgl. Eine schmale Brücke spannt sich über die Ache.
„Da gehen wir hinüber", schlägt Simon vor.
„Nein, da nicht. Weiter draußen ist noch eine, dort gehen wir hinüber", weiß Sepp und vertritt das auch, denn Simon widerspricht.
„Wir müssen aber auf die andere Seite!", sagt er.
„Ja, deshalb gehen wir draußen auch hinüber."
„Steht die überhaupt noch? Du meinst ja die alte Grattenbrücke?", wundere ich mich.
„Warum soll die nicht mehr stehen? Letztes Jahr bin ich mit dem Radl drübergefahren", bleibt Sepp hartnäckig.
Dass man nur so unendlich stur sein kann auf einer Fußwallfahrt!
„Ich mein' ja nur, wegen der neuen Straße."
Eine Fußgängerin, die wir fragen und die nicht auf Wallfahrt ist, bestätigt die Aussage von Sepp. „Wäre schade um die alte Brücke", meint sie.
Obwohl Sepp ein gutes Stück kleiner ist als wir zwei, schaut er jetzt von oben auf uns herab. Seine Miene besagt: Ich hab's ja gewusst! Wer ist denn nun der Dodel von uns dreien?
Ein Pudel läuft zielstrebig Richtung Frau. „Schaut, ein Bussard, oder ist es ein …?" Simon hat einen Vogel gesehen.
„Wo?" Wir sehen keinen.
„Dort drüben! Ist das nicht eine Krähe?"

„Doch nicht dort drüben! Da oben!" Simon zeigt hinauf.
Jetzt sehen wir ihn auch.

„Ein Habicht", vermutet Sepp.

„Nein, Sepp, Habicht ist das keiner." Simon sieht und versteht auf diesem Gebiet mehr als wir. Sein Sohn hat die Jagdprüfung gemacht, Jäger ist er allerdings keiner.

Dass man nur so stur sein kann – noch dazu, wenn man auf einer Fußwallfahrt ist!

„Es ist doch gleich, was das für ein Vogel ist", melde ich mich, „sollten wir nicht einmal …"

„Was sollten wir nicht einmal?", unterbricht mich Sepp.

„Die Meine hat gemeint, wir sollten unterm Gehen auch etwas beten."

Beide schauen mich entgeistert an.

Den nächsten Kilometer legen wir allerdings wortlos zurück. Wahrscheinlich sprechen wir alle drei ein stilles Gebet.

Wir wallen weiter und kommen in die Nähe des Steinbruchs Anzenstein. Dass im Umfeld ein Betrieb unsere Aufmerksamkeit weckt, ist nicht weiter verwunderlich. Wir sind als Wallfahrer ja zu Fuß unterwegs, und dort steht doch glatt ein Unternehmen, das sich „Godfatherbikes" nennt. Ich nage die nächsten paar Meter an der Überlegung, ob das ein Hinweis von oben ist, beschließe dann aber doch, der Versuchung standzuhalten und nicht auf eine Harley umzusteigen.

Sieben Kilometer liegen schließlich hinter uns. Wir erreichen die alte Grattenbrücke, über die wir nun endlich doch ans andere Ufer der Ache gelangen. Vorbei geht es an einem Betrieb, wo sie Eisen biegen, flechten und herrichten. Dort hat Sepp früher eine Zeit lang gearbeitet; er ist aber auch Caterpillar und Kran gefahren. Dann erreichen wir die kleine Schrebergartensiedlung, die entlang der Ache entstanden ist.

Alles wirkt gepflegt und sauber, aber auch schon winterfest gemacht.

„Ein bisschen schattig und laut da zwischen Eisenbahn, Ache, Bundesstraße und Autobahnzubringer", stellt Simon fest. Ich stimme ihm zu.

„So etwas wird man gewohnt", weiß es Sepp besser.

Da bin ich besser dran auf meiner Lärchenbergalm – eine Zufahrt fürs Auto, ein Steig für die Viecher und für mich, ein schmales Bachl und eine selige Ruh'!

Wieder begegnen wir Leuten, die mit Hunden unterwegs sind. Weil wir unsere Schutzengel nicht schon jetzt prüfen wollen, überqueren wir die Geleise der Bahn nicht oberirdisch, sondern nehmen lieber die Unterführung – und gleich dahinter wirft sich die nächste Frage auf: „Müssen wir jetzt nach links abbiegen oder geradeaus weiter?"

Simon sucht vergeblich nach einem Hinweis.

Ein Radfahrer klärt uns auf. „Ihr könnt jetzt gleich links abbiegen oder erst später weiter unten."

Bravo, das wäre also gelöst!

„Ich rate euch aber", meinte er beschwörend, „geht ganz hinunter bis zum Inn, da habt ihr eure selige Ruh'. Es ist auch eine Tafel mit Pfeil unten." Der hält uns für ganz schön rückständig. Er glaubt wohl, wir suchen – oder brauchen – Ruhe. Und den Pfeil hätte er auch nicht erwähnen müssen; wir wissen auch so, wo links ist. Mit eher knappem Gruß entlassen wir ihn und marschieren weiter.

„Aber wo wollt ihr denn hin?" –

Wir tun, als hätten wir seine Frage nicht gehört.

Kühl ist es, aber bald kommen wir in die Sonne. Ganz unten biegen wir also links ab und kommen zu einem großen Bauernhof. Ein Betrieb steht daneben und nicht weit entfernt ein paar Wohnblocks. Plötzlich setzt bei Sepp die Erinnerung ein. „Da bin ich schon gewesen, damals – vor einigen Jahren – bei dem großen Hochwasser." Sepp ist Feuerwehrmann. „Da ist alles ein einziger See gewesen."

Simon und ich sind auch bei der Feuerwehr. Ich nur noch „in Reserve". Im Sommer bin ich auf unserer abgelegenen Alm, da würde ich keine Sirene hören und von einem Brand erst am nächsten Tag erfahren – wenn überhaupt. Es muss also auch ohne mich gehen. Aber unsere Jungen sind alle stark vertreten.

„Eines", sagt Sepp, „hab' ich heute noch im Kopf – wie gar nicht wenige Männer auf den Balkonen oben herumgestanden oder gesessen sind und heruntergeschaut haben – und wir haben geschuftet wie verrückt, dass niemand absauft."

„Nach dem Tunnel muss ich einmal", stellt Simon fest. Wir müssen alle drei einmal (klein).

Richtig herrlich ist es nun – ein prächtiger, sonniger, warmer Novembertag. Singend sollte man dem Herrn danken dafür. Leider können wir das nicht. Am besten singt noch Simon, dem seine Mutter ist beim Kirchenchor nämlich lange die Führende gewesen. An den Sonntagen singen wir gelegentlich schon mit in der Kirche, aber da singen viele, und es fällt nicht auf, wenn man ein bisschen danebenliegt. Das Anfangen ist für mich immer das Schwierigste; in die richtige Stimmlage zu kommen, fällt mir fast immer gar nicht leicht. Wenn ich richtig hineinkomme, singe ich allerdings mit, auch laut und kräftig. Leo hat mich einmal ganz erstaunt angeschaut. Wahrscheinlich wäre ich sogar ein sehr guter Sänger geworden, wenn ich in jungen Jahren ein paar Stunden Unterricht gehabt hätte. Aber welcher Bauernbub in Tirol hat das schon?

Links von uns verläuft die Autobahn, dort fließt der Verkehr, rechts von uns im Inn, dort fließt das Wasser. Der Verkehr macht Lärm, ist laut und hektisch, der Inn rinnt leise, ruhig und träge dahin. Das ist seine friedliche Seite, er kann es aber auch laut und reißend, und er kann gefährlich werden. So hat eben fast alles zwei Seiten.

Die Natur braucht keinen Verkehr, den brauchen wir Menschen. Jeder will jederzeit überallhin können, jeder will jederzeit tolle Kleider im Kasten und frische Speisen auf dem Tisch haben. „Dieser Verkehr ...", wundern wir uns. „Was da so hin- und hergeliefert wird. In Tirol, in Österreich, in ganz Europa?!" Und dann beziehen wir noch Waren aus anderen Kontinenten. Ich brauch' zwar keine Erdbeeren zu Weihnachten, das ganze Jahr lang keine Flugmangos aus Südamerika und keine Glashaustomaten aus Holland, aber andere sind ganz heiß drauf – weil sie schon lange nicht mehr wissen, wie toll einheimische Erdbeeren und Obst aus Tirol schmecken. Grün, lautlos fließt der Inn majestätisch dahin, Mehlsand säumt seine Ufer, fehlen eigentlich nur noch die Palmen. Beinahe bin ich versucht, die paar Meter hinunterzulaufen, Schuhe und Socken auszuziehen und im Mehlsand zu waten. Getan hab' ich es aber nicht. Schließlich sind wir auf Wallfahrt und nicht auf Vergnügungsreise.

Dass wir zu dieser Wallfahrt aufgebrochen sind, darauf bin ich schon stolz. Man hat ja öfters etwas vor, führt es aber nie aus. Wir jedoch marschieren. Dabei ist es nicht selbstverständlich oder üblich, dass drei Bauern daheim einfach von der Arbeit davonspringen und sich zum St. Georgenberg aufmachen. Wir hätten genug zu tun, auch wenn wir mittlerweile alle drei Altbauern sind. Jeder hilft mit daheim im Stall, im Wald, macht, was an Arbeit halt so anfällt. Aber stehen bleibt der Betrieb auch nicht, wenn wir dahin sind. Die Jungen machen und organisieren das schon.

Allerdings sind die größten Arbeiten im November schon alle erledigt. Gestern haben wir noch den letzten Mist aufs Feld gebracht, die Jauche folgt in den nächsten Tagen. Im Spätherbst müssen die Miststätte und die Jauchegrube leer sein, damit sie den Winter über wieder gefüllt werden können.

Herrgott na! Bin ich jetzt erschrocken! Dieses Klingeln – und im nächsten Moment ist der rücksichtslose Radfahrer schon vorbei. Ja, nun wird es wärmer, da kommen auch Radfahrer daher.

„Wir müssen ein bisschen achtgeben", meint Simon, „dass wir beim Wallfahren nicht von einem Radler überfahren werden."

„Ja freilich, so etwas wäre das Beste", meint Sepp ironisch.

୬୧

Weit ist es von Wörgl bis Kundl. Mit dem Auto merkt man das gar nicht. Aber schön ist es trotzdem. Nun ist es wieder ruhig, unser Weg hat sich von der Autobahn entfernt. Der frühe Radfahrer hat also doch nicht ganz unrecht gehabt, obwohl er uns geärgert hat. Am Inn entlang wandern, die Sonne genießen und die Gedanken schweifen lassen … Wir haben uns selbst beschenkt durch unseren Entschluss, auf Wallfahrt zu gehen.

Ob wir zu wenig auf die Beschilderung geachtet haben oder ob gar keine dagewesen ist, werden wir nie mehr feststellen können – jedenfalls stehen wir knapp vor Kundl plötzlich an. Vorn versperrt uns die Bahn samt Lärmschutzwand den Weg, rechts müssten wir durch den Kundler Bach waten, und links liegt ein offenes Feld. Dort könnten wir nach einer Bahnunterführung suchen, allerdings nur in die Richtung, aus der wir soeben gekommen sind. Zurück auf diesem schmalen Weg wollen wir aber nicht. Jeder Schritt hätte uns wieder von unserem Ziel weggeführt.

„Wir hätten die Frau, die uns begegnet ist, fragen sollen." Das ist Simon. Er weiß immer, was man hätte sollen. Das wissen wir selbst aber auch. Und außerdem: Man kann nicht einfach eine wildfremde Frau ausfragen. Vielleicht hätte sie das auch gar nicht gewollt, die hat doch ohnehin sehr scheu gewirkt; vielleicht hätte sie sich auch geschreckt vor den drei g'standenen Männern, sich womöglich belästigt gefühlt – und das will ja wirklich keiner von uns. Außerdem sind wir drei zu Fuß auf Wallfahrt, was bekanntlich kein Vergnügen ist. Da muss man vielmehr allen Anstand bewahren.

Gott wird uns lenken, dass wir nicht vom rechten Weg abkommen!

Wir gehen über das Feld und dem Bahndamm entlang zurück, kommen nach einem halben Kilometer auf einen Fahrweg und schließlich zu einer Unterführung. Wortlos gehen wir durch. Auf der anderen Seite liegt plötzlich Kundl vor uns. Zumindest glauben wir, dass es Kundl ist, wahrscheinlich ein unbekannter Ortsteil davon, weil man mit dem Auto sonst immer nur vorn vorbeifährt. Wir haben jedenfalls immer geglaubt, dass vorn vorn ist. Die hier lebenden Menschen sehen das Ganze vielleicht umgekehrt. Wer will schon auf der Hinterseite leben? Obwohl – auch eine Hinterseite kann ihren Reiz haben. Aber was haben solche Gedanken mit unserer Wallfahrt zu tun? Womöglich sind wir durch den Straßenverlauf getäuscht worden, vielleicht haben wir uns täuschen lassen, sind unaufmerksam und abgelenkt gewesen. Das ist die gerechte Strafe, wenn man auf einer Wallfahrt an Hinterseiten denkt! Vermutlich gib es schönere und wichtigere Plätze und Landschaften, als vom Auto aus sichtbar sind. Aber wer steigt schon aus, sie zu erkunden, wenn man gar nicht weiß und auch nicht vermutet, dass es sie gibt, diese wunderbaren Örtlichkeiten?

Wir lernen bei unserer Wallfahrt Tirol jedenfalls von einer ganz neuen Seite kennen. Und die ist interessant.

Kundl ist groß, das wird uns schnell bewusst.

„Schaut, die Geißen!" Der Sepp! Wer sonst?

Fünf, sechs, sieben oder noch mehr grasen unweit von uns. Allein das schöne Wetter gefällt ihnen, und wenn noch ein bisschen Gras zu finden ist, verachten sie es nicht. Wir haben daheim auch ein paar Geißen. Nicht, um Profit zu machen, sondern weil ich sie mag. Besonders die Jungen, die Zicklein. Im Sommer, auf der Alm, da sind sie dann im Paradies. Das glaube ich jedenfalls. Sie können sich das beste Gras oder junge Triebe von Stauden suchen, sie dürfen kommen und gehen, wie sie wollen. Und manchmal lobe ich sie. Das mögen die Geißen. Da hören sie aufmerksam zu und schauen dich an, als ob sie alles verstehen würden.

❦

Kundl ist wirklich groß, und es bedarf vieler Schritte, diese Marktgemeinde im Unterinntal zu durchqueren. Von Wörgl haben wir nicht viel gesehen, weil wir um die Stadt herumgewandert sind und nur Randgebiete gesehen haben. Jetzt aber sehen wir etwas, das unsere Herzen sofort höherschlagen lässt: neue Traktoren! Golfen interessiert keinen von uns, Autorennen auch nicht, neue Traktoren hingegen sehr! Auf Hochglanz poliert, geballte Kraft und Raffinesse ausstrahlend – so stehen sie da, die Wirklichkeit gewordene Versuchung. Wir halten inne. Jeder sucht sich in Gedanken einen aus. Simon sagt, was er denkt: „Den großen dort, den nehm' ich!"

Ein Maschendrahtzaun trennt uns von ihnen. Sonst könnten wir sie noch mehr bewundern, angreifen, streicheln. Andächtig schweigend schauen wir ... und haben unser ursprüngliches Ziel im Handumdreh'n vergessen. Vierundsiebzig, vierundachtzig, manchmal über hundert PS haben sie, diese Traktoren, die in Kundl hergestellt werden. Seit fast sechs Jahrzehnten baut man dort Fahrzeuge für die Landwirtschaft. Das erste, 1948 auf den Markt gebrachte Modell brachte 14 PS auf die Räder. Heute baut Lindner viel stärkere, viel wendigere und viel komfortablere Traktoren der neuen Generation mit mehr als 140 PS Motorenkraft. Das darf den Bauern, der keinen Lindner im Fuhrpark hat, aber nicht neidisch, und den Bauern, der einen Lindner fährt, nicht stolz machen. Schon gar nicht auf einer Wallfahrt, die er zu Fuß macht.

Dass man auf einer Wallfahrt aber so ins Schwärmen und Träumen geraten kann, hätte ich heut' in der Früh nicht einmal der Meinen geglaubt.

Fast schmerzlich ist manchmal das Aufwachen – das immer dann erfolgt, wenn man gerade am schönsten geträumt hat. Da begreift man dann nur sehr langsam, dass alles nur ein Traum gewesen ist.

Um neun Uhr fünfundfünfzig – wir sind schon vier Stunden unterwegs und haben zwischen uns und die Traktoren zwei weitere Kilometer gelegt – setzen wir uns auf eine sonnige Bank und machen erstmals Rast. Jeder isst eine Wurstsemmel. Simon hat sie uns um sechs Uhr Früh noch schnell im Dorfladl besorgt. Dazu trinke ich Moosbeersaft. Den hat mir die Meine hergerichtet. Die Moosbeeren haben wir im Sommer auf unserer Alm gepflückt. Herrlich schmeckt alles. Auch Sepp und Simon scheinen die Jause zu genießen. Und dazu scheint jetzt richtig warm die Sonne, anfänglich vorhandene Wolken haben sich inzwischen verzogen.

Wir schauen noch einmal auf Kundl zurück. Diese vielen Großbetriebe! Der Größte von allen: die Biochemie. Heute sagt man Sandoz dazu. Das klingt besser. Dort arbeiten viele Menschen, auch Bauern. Sie gehen nebenbei noch in die Arbeit und haben solcherart ein zweites Standbein. Den eigenen Betrieb haben sie modernisiert und automatisiert. Manchmal frage ich mich, ob das schon das Wahre ist? Nur mehr arbeiten und immer reicher werden?

Solche Großbetriebe wie Sandoz boomen, hört man. Dieser Wirtschaftszweig, der sich mit Gesundheit – oder sollte man ehrlicher sagen, mit dem Kurieren von Krankheiten – beschäftigt, spürt kräftigen Aufwind. Jeder Mensch verursacht und schluckt heutzutage viel Lärm, Staub, Abgase und Enttäuschungen, die ihn dann krank machen und zum Arzt treiben. Der verordnet ihm eine Medizin, die als Gegenmittel geschluckt werden muss. Und solche Pillen und Tabletten werden in Kundl hergestellt.

Würden alle ganz bewusst und ganz gesund leben, gäbe es weit weniger Kranke und Kränkelnde, was für ganze Heerscharen allerdings den Weg in die Arbeitslosigkeit bedeuten würde. Viele müssten ihren Lebensstandard senken, den Zweitwagen aufgeben und den Urlaub in der Karibik verkürzen, sie würden unter die Armutsgrenze fallen und zuletzt nur noch dahinvegetieren. Das ist die schlechte Nachricht!

Aber es gibt gottlob auch eine gute! Die Menschen ändern ihren Lebensstil nämlich nicht – vielleicht mit ganz wenigen Ausnahmen. Der Raucher qualmt weiter, der Trinker säuft weiter, der Fresser frisst weiter! Niemand will sich einschränken und sich von niemandem etwas vorschreiben lassen. Versucht zum Beispiel die Regierung, das zu tun, ist sie bei den nächsten Wahlen gleich weg vom Fenster. Man denkt nur an sich selbst, kaum an die Nachkommen und überhaupt nicht an andere. Ob das aber gute Nachrichten sind, da bin ich mir jetzt nicht mehr so sicher.

„Du sagst gar nichts mehr", fällt es Simon auf.

„Ich bin ins Sinnieren gekommen."

„Und über was?"

„Ach, nichts Besonderes, über uns selbst."

„Aha", sagt Sepp.

„Über die Biochemie hab' ich nachgedacht", geb' ich zu.

„Da arbeitet ein Bruder von mir", erklärt Simon.
„Von mir ist auch ein Verwandter dort angestellt."
„Das ist ja schon bald eine eigene, kleine Stadt. Jedes Jahr kommt ein neues Gebäude dazu", weiß Sepp.
„Weil wir auch jedes Jahr mehr Tabletten schlucken", gibt ihm Simon recht.
Ich muss schmunzeln, unsere Gedankengänge sind fast die gleichen.
„Warum lachst du?"
„Weil wir so verschieden und doch so gleich sind."

Hinter den nahen Stauden verrichten wir noch – jeder für sich – ein kleines Geschäft, dann wandern, nein, dann wallen wir weiter. Unweit von uns grasen – ungewohnt für diese Jahreszeit – ein paar Kalbinnen auf den Feldern. Und diese riesigen, brettlebenen Felder sind uns schon von Wörgl herauf aufgefallen! Wir staunen immer mehr!

„Fast wie bei uns daheim", meint Sepp, der Bergbauer, und schaut richtig schelmisch drein. Ja, da können wir uns verstecken mit unseren winzigen Flecken, die wir als große Felder ansehen.

„Was kommt jetzt als Nächstes? Radfeld, oder?" Sepp will es wissen.

„Wahrscheinlich schon, ja …, wir werden es ja sehen."

Simon verteilt Traubenzucker. Sepp hätte, sagt er, selbst einen mit, nimmt aber doch lieber den, den ihm Simon vor die Nase hält. Die Meine hat drauf ganz vergessen, mir einen zuzustecken. Also greif' auch ich bei Simons Angebot zu. Gut schmeckt er, und eine wohltuende Wirkung soll er ja auch haben.

Als wir vorhin von der Bank aufgestanden sind, ist etwas passiert. Etwas, das ich kommen sehen habe, allerdings erst zu einem späteren Zeitpunkt. Simon hat aus heiterem Himmel zwei Fragen gestellt: „Spürt ihr nichts? Tut euch nichts weh?"

„Nein. Doch ja, bei den Leisten spür' ich es ein bisschen", gibt Sepp zu.

Da getraue auch ich mich zu sagen: „Ja! Aber an den Hüften, und ganz minimal."

„Das Schienbein ist's, das rechte", erläutert Simon. „Da spür' ich was."

„Nur beim rechten?"

„Ja, nur bei dem."

„Soll ich dir beim linken eine hineinstoßen, damit du dort auch etwas spürst?"

Simon schaut mich wort- und fassungslos an, dann müssen wir alle drei lachen.

Immer öfter begegnen uns nun Wanderer, die wir nicht kennen – auch drei Frauen. Ich glaube nicht, dass die wie wir auf Wallfahrt sind. Wir haben sie nämlich schon von Weitem gehört – und hören sie noch immer lachen, obwohl sie fast nicht mehr zu sehen sind. Endlich wird es wieder angenehm ruhig, unbeschwert ziehen wir weiter.

※

An großen Bauernhöfen kommen wir vorbei. Keiner von uns hat so eine Riesenhütte. Auf den Wiesen warten viele aufeinander gestapelte Siloballen darauf, im Winter verfüttert zu werden.

Bei einem der Höfe ist der Bauer beim Düngen. Wir winken ihm. Nach ein paar Sekunden Bedenkzeit winkt er zurück. Typisch Bauer! Der hat nämlich überlegt, ob er überhaupt zurückwinken soll. So was machen wir auch manchmal. Man kann und soll doch einem wildfremden Menschen nicht einfach zuwinken – oder? Dann wird er uns aber doch als Berufskollegen erkannt haben. Vielleicht am Gang oder an der Art, wie wir gewunken haben … Dafür wird er jetzt anständig durchgebeutelt, obwohl das Feld so eben ausschaut. Der Miststreuer ist leer, und eilig fährt der Bauer Richtung Hof.

≈≈

Autobahn und Inn haben wir verlassen, Felder liegen neben und der Unterinntaler Radweg, den wir zum Pilgerweg umfunktionieren, vor uns. Nach einer Biegung eröffnet sich eine vollkommen neue Perspektive – faszinierend, zugleich aber auch erschreckend: eine schier endlos lange Gerade! Kilometerweit verläuft der nun schnurgerade Weg dahin – so scheint es jedenfalls. Eigentlich nicht schlecht, aber auch gewaltig langweilig: irgendwo weit vorn der Georgenberg, links des Wegs grüne Wiese, rechts des Wegs grüne Wiese, beide ohne Vieh und ohne Bauer. Fallweise einzige Begleiter sind die Österreichischen Bundesbahnen und – etwas kleiner und leiser – die Radfahrer.

Eine Radfahrerin überholt uns. Wortlos schauen wir ihr nach – und schweigen. Eine Zeit lang sehen wir sie von hinten, dann verwandelt sie sich in einen Punkt, der immer winziger wird und schließlich ganz verschwindet. Jeder denkt wohl das Gleiche: Auf was haben wir uns da bloß eingelassen?

„Das Rad hätt' ich mitnehmen sollen", jammert Sepp mitten in meine Gedanken hinein.

„Dann wär' es aber keine Wallfahrt, sondern eine Radtour", gebe ich zu bedenken.

Er brummt etwas Unverständliches.

„Sepp, nimm die Bananen heraus, die essen wir jetzt! Sie sind ganz oben in meinem Rucksack." Simon dreht Sepp den Rücken zu, doch der findet keine Bananen. „Schau halt ordentlich! Wird wohl nicht so schwer sein! Sie sind ganz oben."

Sepp schaut und kramt und schaut, findet aber nichts.

„Lass es bleiben, ich schau selber. Unglaublich, dass es heutzutag' noch Leute gibt, die keine Bananen kennen! Eigentlich eine Schand'!" Simon nimmt den Rucksack ab, schaut, sucht und kramt herum – findet aber auch nichts. „Das gibt's doch nicht, sie hat sie mir ja hineingetan."

„Vielleicht hat sie das nur wollen", bemerke ich sanft.

Auch Simon kommen langsam Zweifel. „Oder ich hab' sie im Ladl herausgelegt, wie ich die Wurstsemmeln eingepackt hab'", verteidigt er seine Frau.

„Du wirst die Bananen doch nicht im Ladl liegen lassen haben, die verkaufen ja selbst Bananen." Sepp!

Vor einem Rätsel stehen wir alle drei.

„Gehen wir weiter, wir haben ja eben erst gejausnet." Sepp!

Langsam setzen wir uns in Bewegung, in Gedanken noch immer dabei, das Rätsel mit den Bananen wenigstens ansatzweise zu verstehen oder gar zu begreifen.

„Habt ihr beide überhaupt genau geschaut? So ein moderner Rucksack hat viele Taschen."

Der Blick, den mir Simon zuwirft, wirkt fast beleidigt.

„Ja, ich hab' ja nur gemeint …"

Zunehmend setzt sich in unseren Köpfen die bittere Erkenntnis durch: So sind sie, die Frauen! Sie geben vor, uns liebevoll zu umhegen, mit Vitaminbomben, Leckereien und Streicheleinheiten zu versorgen – aber wenn man sich einmal darauf verlässt, dass dem wirklich so ist, erkennt man die wenig beneidenswerte Lage des Mannes. In Wirklichkeit warten sie bloß darauf, dass wir an Hunger und Erschöpfung elendiglich umkommen. Vermutlich sitzen alle drei besseren Hälften daheim am Telefon und warten darauf, wann und wo wir abzuholen sind. Tot – oder nur noch ein bisschen lebendig. Wahrscheinlich bringen sie es sogar fertig, ein paar Tränen hervorzupressen, wenn sie die Beileidsbezeugungen entgegennehmen. Halt! So nicht! Was ist das denn für eine Wallfahrt – mit solchen Gedanken?

Trotzdem: Tiefe Traurigkeit beschleicht mich. Wenn das Ganze womöglich wirklich so ist, wie es mir eben durch den Kopf gegangen ist, hab' ich allen Anlass, traurig zu sein.

Diese unendliche Weite vor uns – und keine Banane. Und dann heißt die Gegend hinter und vor uns Weinberg. Ein edler Tropfen tät' uns schon gefallen! Aber wahrscheinlich ist das beim Wallfahrten so, dass einem immer wieder Prüfungen auferlegt werden, Hätte Simon nicht angefangen mit den Bananen! Ganz deutlich habe ich den Geschmack von Banane auf der Zunge.

Man soll positiv denken, hört man immer wieder. Das ist oft aber gar nicht leicht. Wie lange werden wir brauchen, wie viele Schritte werden wir tun müssen, bis diese endlose Gerade hinter uns liegt? Ein Auto kommt uns entgegen. Darf der überhaupt fahren auf diesem Geh- und Radweg? Der hat wahrscheinlich ein schlechtes Fußwerk und fährt mit dem Auto spazieren. Und grinst auch noch frech heraus aus seinem Schrotthaufen. Zuletzt deutet er einen Gruß an. Wie großzügig! Er hätte uns nicht winken müssen, dieser Faulenzer. Fährt mit seinem Karren – wenn der ihm überhaupt gehört! – durch die Gegend, verpestet uns die Luft und schaut dann auch noch frech und überheblich aus dem Kübel!

„Bauer ist das keiner gewesen", vermutet Sepp.

„Und freundlich schau'n, schaut anders aus," meint auch Simon.

„Das ist eher ein ..." Ich vermag es auch nicht auszudrücken, wie ich den einstufen soll. Schnell ist er ja nicht gefahren, und er hat in der Gegend herumgeschaut. Plötzlich weiß ich es: „Das ist ein Grundstücksspekulant gewesen."

„Ja, vielleicht", stimmt mir Simon zu.

„Oder ein Politiker", sagt Sepp.

„Warum ein Politiker?"

„Nur so." Unmöglich wäre es nicht. Ein Politiker geht kaum zu Fuß, interessiert sich aber für vieles. Vielleicht hat er schon genug auf der Seite und will sich nun eine Landwirtschaft kaufen. Bauer werden, sozusagen. Das liegt im Trend heute. Die misten dann nicht eigenhändig den Stall aus, dafür haben sie andere, aber sie sonnen sich als Bauer. Ja, so einer ist das gewesen. Herausholen hätten wir ihn sollen und ihm richtig die Leviten lesen.

„Wir müssen hart arbeiten, und die können es sich richten", mault Sepp.

Wir pflichten ihm bei.

„Und wenn sie etwas vermasseln, sind andere die Schuldigen." Simon.

„Das sieht man am deutlichsten bei dieser Kärntner Bank", erkläre ich, „bei dieser Hypo Alpe Adria, oder wie sie heißt."

„Und dieser Untersuchungsausschuss!"

Sepp: „Was hast du daran auszusetzen? Die klären doch alles auf."

„Aufklären nennst du das? Dass ich nicht lache, die klären gar nichts auf. Die setzen sich zusammen und verdienen dabei. Und jeder, der befragt wird, erklärt, nichts zu wissen oder unschuldig zu sein." Ich bin richtig laut geworden. Aber er hat eigentlich recht. So ist es. Man hört und sieht immer wieder in den Nachrichten Sendungen davon.

„Ach, was!", meint Simon, „lassen wir die Politik. So ein schöner Tag. Wir tun gut daran, diese Wallfahrt in vollen Zügen zu genießen."

༺༻

„Warum schaut ihr so?", fragt Sepp.

„Wie schauen wir denn?"

„Ganz verdrossen schaut ihr drein."

Schauen Simon und ich tatsächlich so? Plötzlich sehe ich wieder klar. Die Sonne scheint, ein schöner Tag ist heute, und wir sind auf Wallfahrt. Ob wir jetzt eine Banane essen können oder nicht, ist belanglos wie … wie ein Fliegenschiss! Und das mit unseren Frauen ist auch nicht ganz so. Bei Simon und der Seinen habe ich manchmal den Verdacht, die lieben sich noch wirklich. Sepp und die Seine, vermut' ich, ziehen auch noch am selben Strang – jedenfalls fahren sie an Sonn- und Feiertagen immer mitsammen in die Kirche. Dann bleiben noch wir zwei, ich und die Meine.

◈

Was ist denn das?
Ein Brummen!
Dort – ein schwarzer Vogel! Durch die Stauden sehen wir ihn durch die Lüfte sausen. Aber warum brummt er denn so? Und jetzt knattert er auch noch! Mein Gott! Das ist ja gar kein Vogel, das ist ein kleines, schwarzes Modellflugzeug. Ein Mann, etwa fünfzig Meter entfernt und gut getarnt vom Geäst mächtiger Sträucher, lenkt ihn vom Boden aus. „Cool" täten die Jungen sagen, „fetzig" die Erwachsen und „doch eher beeindruckend!" die Alten, wie er den Flieger auf und ab und hin und her steuert. Achtung, die Hütte! Wir glauben schon, er kracht hinein, doch im letzten Augenblick zieht das Kind im Mann ihn knapp davor in die Höhe. Kein Zweifel, dass auch das Bodenpersonal gefährlich lebt, wenn das Gerät so tief fliegt. Eine kleine falsche Bewegung am Steuerknopf vielleicht, und der Mann köpft sich unter Umständen selber. Der Flieger bläst aus seinem Hinterende eine kleine Rauchfahne. Der hat wohl eine richtige Maschine, einen Verbrennungsmotor – womöglich einen von VW.

Man sieht: Trotz unserer Fußwallfahrt beschäftigt uns immer wieder allzu Weltliches.

◈

Weiter marschieren wir in den endlosen Horizont hinein. Je näher wir ihm kommen, desto weiter weicht er zurück. Was natürlich nur eine optische Täuschung ist. Doch dann die Überraschung!

Unerwartet taucht vor uns eine Ortschaft auf. Haben wir diese elend lange Gerade tatsächlich hinter uns gelassen und erreichen wir bald Radfeld? Schon möglich! Neben dem In-die-Gegend-Schauen und Sinnieren sind wir nämlich auch gegangen. Ich habe immer geglaubt, dass es diese riesigen, unendlichen Weiten nur in Russland und Kanada gibt; nun weiß ich, dass dergleichen auch im Tiroler Unterland vorkommt. Es ist wirklich so: Wir stehen vor Radfeld, dem Dorf der Traditionen, das seine Einwohnerzahl in den letzten Jahrzehnten verdoppelt hat. Am Ortsrand weckt neben dem Weg der Neubau eines Stalls unser Interesse. Wir begutachten ihn. Er ist noch nicht vollendet, bei der Arbeit ist aber auch niemand. Machen sie gerade Mittagspause? Wie spät ist es denn? Oder ist dem Bauern das Geld ausgegangen? Ein Laufstall wird es, das sieht man; die sind heute groß in Mode. Die kleineren Bauern hören nach und nach auf. Und die Großen werden immer größer; sie pachten oder kaufen die Felder der kleineren zusammen; allerdings nur die ebenen. Kleine Fleckchen oder Hügellagen sind nicht so gefragt. Die verursachen mehr Arbeit – Handarbeit. Ein Großbauer steigt aber nicht mehr gern vom Traktor, nur in Ausnahmefällen nimmt er noch eine Sense oder einen Rechen in die Hand – die Bergbauern schon; sie sind zäher, heimatverbundener und geben nicht so schnell auf.

Auch Radfeld durchqueren wir auf unbekannten Wegen. Simon kennt einen jungen Mann, der gerade ein Haus verlässt. Sie unterhalten sich ein Weilchen. „Der Sohn eines großen Viehhändlers ist das gewesen", erklärt er uns später.

Mehrmals kommen wir mit durchaus freundlichen Leuten ins Gespräch.

„Bis Innsbruck gehen wir heute", reagiere ich auf ihre fragenden Blicke.

„Nicht schlecht", sagt einer, „da müsst ihr euch aber beeilen."

Zuerst lache ich noch. Doch dann macht es mich nachdenken, und im Nachhinein bereue ich meine Aussage. Gelogen habe ich! Noch dazu auf einer Wallfahrt!

„Mach dir nichts draus", tröstet Sepp. Ja, so ist er, der Sepp. Der hat eine Wallfahrt wirklich bitter nötig.

Mit dem Auto bin ich schon einmal durch Radfeld gefahren, der Ort präsentiert sich heute aber ganz anders, vielfältiger. Auch Simon hat Radfeld anders im Kopf, sagt er. Und was uns auch freut: Wir wissen, dass es anschließend bis Rattenberg nicht mehr weit ist.

Auf die Hohe Salve hätten wir unsere Wallfahrt auch machen können. Dort oben steht auf dem höchsten Punkt auch ein Kirchlein. Dort sind wir jedoch schon öfters gewesen, und wir wissen, dass es dort oben auch nicht mehr ganz so romantisch ist wie früher. Im Sommer und Winter kommen tausende Leute hinauf, bei Schönwetter sogar täglich; einige zu Fuß, die meisten in modernen Gondeln. Viele Liftmasten stehen dort, und um diese Jahreszeit auch schon die startbereiten Schneekanonen. Brauchen tun wir die schon, aber Zierde sind sie keine.

Eine schöne Kirche haben wir auch in Itter. Dem hl. Josef ist sie geweiht. Sie ist auf einem schmalen Geländekamm erbaut worden, links und rechts geht es hinab. Pfarrer haben wir keinen eigenen mehr. Ja, bei den geistlichen Herren, da kommt wenig nach. Der Mensch hat den Glauben verloren, richtet sich alles selber und meint, keinen Herrgott mehr zu brauchen. Was dabei herauskommt, hören wir in den Nachrichten oder lesen davon in der Zeitung. Zum Glück haben wir aber Maria. Sie sorgt dafür, dass wir nicht ganz verwildern. Pfarrer ist eigentlich der Zukunftsberuf schlechthin. Tausende würden sofort fest angestellt werden – mit guten Aufstiegschancen. Aber sag das den jugendlichen Burschen! Ich weiß, da gibt es eine monumentale Barriere. Zwar arbeiten viele daran, sie einzureißen. Die Fassade bröckelt ein bisschen, der harte Kern jedoch nicht. Ich bin mir nicht sicher, ob wir es noch erleben werden, dass der Zölibat fällt. Und wenn – wäre das wirklich die Lösung? Jetzt bin ich fast froh, dass ich nicht der neue Bischof von Innsbruck werde.

„Du sagst gar nichts mehr", fällt es Simon auf.

„Ich muss nur nachdenken – manchmal."

„Überlass das Denken den Rössern, die haben die größeren Köpfe", grinst Sepp.

※

Eine Brücke ladet nun ein, über den Inn zu gehen und das Ufer zu wechseln. In der Mitte bleiben wir stehen und schauen ins Wasser hinunter. Gewaltig, so viel Wasser! Dabei geht jetzt wenig, weil es ja lange nicht mehr geregnet hat.

„Sollen wir nun auf der linken oder rechten Seite des Inn weitergehen?", will Sepp wissen.

„Sepp, wohin zeigen deine Füße jetzt?", fragt Simon.

Alle drei schauen wir zu Boden.

„Rühr dich nicht!" Noch einmal Simon.

Alle drei schauen wir flussabwärts, also auch die Füße vom Sepp. Den linken hat er allerdings seitlich ein wenig ausgestellt, dass es so ausschaut, als würd' er hinüberzeigen.

„Dann gehen wir hinüber, also rechts vom Inn weiter", entscheidet Simon.

„Warum rechts vom Inn?"

„Warum nicht?"

„Wie wir von Wörgl heraufmarschiert sind, ging's der linken Seite vom Inn entlang. Aber jetzt, als wir zurückgeschaut haben nach Radfeld, war die linke plötzlich die rechte Seite."
Allseits Schweigen. Und das Problem bleibt ungelöst.
Simon entscheidet schließlich salomonisch: „Das kann uns doch egal sein, ob wir am linken oder rechten Ufer weitergehen. Wir gehen auf der Brücke von diesem auf das andere Ufer. Dann sind wir sicher dort, wohin wir wollen."
So machen wir es auch. Sonst hätten wir von der Brückenmitte halt wieder zurückgehen müssen auf dieses Ufer, von dem keiner wirklich sagen kann, ob es das rechte oder linke ist.
Unsere Regierung hätte für eine solche Entscheidungsfindung Wochen gebraucht.

Nach ein paar Minuten eröffnet sich uns ein neues Bild. Übers große Wasser, den Inn, schauen wir hinüber. Eine Stadt liegt uns gegenüber. Rattenberg, du schmuckes kleines Städtchen, trotz Novemberschatten spürt man deine heimeligen Gässchen und Winkel. Elf Uhr fünfunddreißig zeigt die Uhr. Wir bleiben stehen. Im Sommer flanieren Einheimische und Touristen aus aller Herren Länder durch das Städtchen, im Dezember zieht der „Rattenberger Advent" die Menschen in seinen Bann. Glaskunst, präsentiert in alten Gemäuern, Freilichtaufführungen zwischen noch älteren Ruinen, das ist für mich Rattenberg. Jeden Sommer nehme ich mir die Zeit, eine Kulturveranstaltung zu besuchen, komme allein deswegen von der Alm ins Tal – und öfters sind wir dann schon einmal nach Rattenberg gefahren und haben eine Theateraufführung besucht.
Bäume säumen auf dieser Seite den Inn, keine Straßenallee, wohl aber eine halbe Flussallee. Viel Laub ist schon gefallen,

bedeckt den Boden, den Weg. Es raschelt unter unseren Füßen. Es ist ein wohliges Gefühl, es erinnert mich ans „Laubtreten" in der Kindheit.

Die Mutter rechte das Laub zusammen, der Vater fasste es in den großen Rückenkorb und schüttete es auf den Wagen. Und wir Kinder „traten" es, damit mehr Platz hatte. Zuletzt wurde noch ein Netz voll Laub draufgesetzt, damit wir beim Heimfahren durch das Rütteln des Fuhrwerks nichts verloren. Dieses große Netz voll Laub trug der Vater auf Kopf und Schultern, oft über weite Strecken. Bei Feldrändern, oft auch Grundgrenzen, standen Reihen von Haselnussstauden, deren Laub ebenfalls zusammengerecht und eingesammelt wurde. Unter den großen Linden zahlte es sich besonders aus und selbstverständlich im Obstanger.

Früher wurde Laub zum Einstreuen bei den Tieren verwendet. Heute tun das nicht mehr viele Bauern, die Arbeit ist zeitaufwendig, der Nutzen gering. Große Strohballen aus Bayern oder Niederösterreich bringt der Lastwagen bis vors Scheunentor, wo es dann vom Frontlader oder Heukran in Empfang genommen wird. Auch die Bauern sind bequemer geworden.

„Schaut, dort drüben grasen Schafe." Sepp hat sie als Erster gesehen.

Es sind viele Schafe, zwei davon hinken. Und der riesige Baumstamm, der dort drüben liegt neben den anderen, kleineren – wir sollten wirklich nicht wegen jeder Kleinigkeit, auch wenn sie noch so gewaltig ist, stehen bleiben. Die Zeit …

Etwas Wichtiges muss ich noch sagen: „Hätten wir nicht in Rattenberg zu Mittag essen sollen? Wer weiß, wann wir wieder an einem Wirtshaus vorbeikommen?"

Die beiden lassen sich Zeit mit einer Antwort.

„Habt ihr gar keinen Hunger?"

„Es wird schon wieder was hergehen. Und sonst haben wir ja noch Jause mit." Simon. Sepp gibt ihm recht. Auch gut, richtiger Hunger plagt mich noch nicht. Hemdsärmelig wandern wir weiter – und das im November!

◈

Vier Frauen kommen uns entgegen. Sie grüßen freundlich, wir ebenso.
Warum sind heute alle so freundlich? Steht der Mond in der richtigen Konstellation zur Sonne? So etwas – das hab' ich einmal gehört oder gelesen – kann positive oder negative Auswirkungen auf das Gemüt des Menschen haben. Oder ist es einfach Zufall? Oder – plötzlich kommt mir ein ganz verwegener Gedanke: Womöglich sind wir drei noch immer so umwerfend schön, dass uns die Frauen ihre spontane Zuneigung zeigen müssen? Ungewollt drehen sich unsere Köpfe noch einmal um. Auch drei der Frauen schauen im selben Moment zurück.
Warum tun sie das? Können sie womöglich gar nicht anders? Hat sich unsere äußere Erscheinung innerhalb von Sekundenbruchteilen so tief in ihren Kopf, in ihre Gefühlswelt eingebrannt, dass sie …
Jetzt hören wir sie lachen – laut und hemmungslos. Sie sollten sich nicht zu früh freuen, denn wir sind alle drei verheiratet. Der Anstand verbietet uns jedoch, noch weiter an die vier zu denken.
Ein Radfahrer klingelt und bremst hinter uns plötzlich ab. Obwohl wir bei Weitem nicht die ganze Wegbreite brauchen. Dann fällt er auch noch aus dem Rahmen und flucht! Das hilft ihm jetzt aber auch nicht weiter. Da ist er nämlich an die Falschen geraten. Kampfeslustig stellen wir uns auf, zum Streit bereit. Doch was tut der Pedalritter? Er steigt leise fluchend ab, schiebt das Rad um uns herum, steigt auf und fährt schleunig davon.
Was lernen wir daraus?

Nach oben Buckel machen und nach unten treten ist eine Taktik, die bei einem selbstbewussten Gegner nicht aufgeht. Manchmal kommt man auch ohne Kampf zum Sieg. Man muss nur Stärke zeigen. Wir schauen uns gegenseitig zufrieden an. Innerlich gestärkt, marschieren wir zufrieden weiter.

Bei angenehmen Außentemperaturen überqueren wir bei Hagau wieder den Inn und marschieren am Nordrand der Montanwerke in Brixlegg entlang. Um zwölf Uhr fünfzehn machen wir auf einer schönen Bank vor den Montanwerken Mittagspause und genießen unsere zweite Rast und die zweite Wurstsemmel. Ich hab' eine mit Extrawurst und Essiggurke, süßsauer.

Schon das Sitzen ist der reinste Genuss, die Wurstsemmel und der Sonnenschein ebenso. In verträumte Gedanken versunken, kauen wir schweigend vor uns hin …

Die Montanwerke Brixlegg – als Kupfer-Silberhütte Brixlegg 1463 erstmals urkundlich erwähnt – sind ein Unternehmen, in dem man seit über 500 Jahren Kupfer und Silber erzeugt. Die wirtschaftliche Entwicklung des Hüttenwerks war lange eng mit dem Erzabbau in Tirol verknüpft. Nach dessen massivem Rückgang sicherte man Anfang des 20. Jahrhunderts den Weiterbestand der Hütte durch Umstellung der Produktion auf die Rückgewinnung von Kupfer aus hochwertigen Altmetalllegierungen.

Ein junger Mann tritt – eine Hand am Ohr, in der Hand das Handy, aus der Haustür. Nun, Haustür … man weiß bei so großen Gebäuden ja nie, wo vorn und hinten ist; jedenfalls ist er durch eine Tür herausgekommen. Die Jungen sieht man heutzutage nur noch telefonierend. Viele tun es aus beruflichen Gründen, die anderen haben das Bedürfnis, ihre Gedanken und Einfälle, wenn sie solche haben, sofort weiterzugeben. Die Welt der Jungen wird zunehmend von moderner Technik beherrscht. Sie glauben allerdings, sie würden die Technik beherrschen. Alles wird in die weite Welt hinausposaunt, umgekehrt kann jede noch so heikle Frage ins Netz gestellt werden; Antworten sind sicher und können heruntergeladen werden. Das eigene Denken und der Hausverstand verkümmern. Ich bin überzeugt, dass es ohne Handy auch weniger Streit geben würde. Manche Antwort würde sanfter ausfallen, weil man Bedenkzeit hätte, bis man das nächste Telefon erreicht.

„Wie weit haben wir noch?", fragt Sepp.

„Ohja, schon noch ein gutes Stück."

„Jetzt spür' ich auch am Fuß unten etwas."

„Aha, aber nichts Ernsteres – hoffentlich. Oder?"

„Nein nein, das nicht."

Sepp spürt am Fuß unten also etwas; vielleicht bildet er sich das nur ein.

„Da vorn", meldet sich Simon, „jetzt sieht man nicht hin wegen der Bäume, dort hab' ich zuerst geglaubt, da geht's hinauf."

„Nein, da kommt man zum Achensee. Der nächste Einschnitt, rechts hinauf, der ist es dann."

„Jaja, inzwischen weiß ich's auch."

※

Ein fremder Mann setzt sich auf die zweite Bank. Auch er scheint das Wandern und die Sonne zu genießen. Langsam packen wir wieder zusammen. Ein bisschen Papier werfen wir in den bereitgestellten Mullkübel. Man hinterlässt keinen Sausstall, hat man uns beigebracht. Ein wenig starr fühlt man sich bei den ersten Schritten, dann wird es besser.

„Gar nicht hinsetzen hätten wir uns sollen", knurrt Simon. Im Stehen jausnen wäre aber auch komisch gewesen. Etwas geht mir jetzt ab: der kleine Kreisverkehr in Brixlegg, an dem man ins Alpbachtal abbiegen kann. Darüber muss ich mich aber nicht wundern, weil wir heute ganz anders unterwegs sind: zu Fuß – und da geht man eben andere Wege, als wenn man mit dem Auto unterwegs ist.

Alpbach ist übrigens ein sehr schöner, sehr bekannter und weltberühmter Ort. Dort kommen jeden Sommer viele gescheite und ganz gescheite Köpfe, aber auch Politiker aus der ganzen Welt zusammen, um zu referieren und miteinander zu diskutieren.

❧❧

Schön ist es neben dem Inn, an dessen Ufer wir weiterziehen. Einige Häuser stehen noch ganz nahe zum Ufer heran. Eine junge Frau düst mit einem Auto in die schmale Gasse – sie erschrickt über uns, tritt wild auf die Bremse, der Motor stirbt ab, sie startet ihn neu und würgt ihn beim Anfahren ein zweites Mal ab. Wegen uns hätte sie aber gar nicht anhalten müssen, wir haben uns sofort schmal gemacht, als sie in die Gasse gekurvt kam.

Vielleicht haben wir sie doch erschreckt?

„Lacht nicht", mahnt uns Simon, „die hat wegen uns angehalten."

Wir lachen nicht mehr, weil Simon recht hat.

„Führerscheinneuling", murmelt Sepp aber noch.

„Weiter vorn", berichtet Simon nun, „kommt dann ein Betrieb, ein Gutshof, den betreut und verwaltet ein Verwandter von mir, ein entfernter Verwandter. Er ist der Bub von seinen Eltern – sie haben auch noch Mädchen – und der Enkel seines Großvaters, der ein Bruder meines Großvaters mütterlicherseits war."

„Aha", sagen wir und glauben zu verstehen.

Der nächste Streckenteil ist imposant. Da steht ein Schloss neben dem anderen: Schloss Matzen, Schloss Lipperheide und Schloss Lichtwehr. Wir ziehen weiter und staunen über die Betriebsanlage von Alpquell. Wieder drängt sich ein burgbestandener Hügel ins Blickfeld. Das müsste Kropfsberg sein. Gleich drauf kommt Sankt Gertraudi in Sicht, das meines Wissens zur Gemeinde Reith im Alpbachtal gehört. Ein großer, neuer Stall leuchtet herüber. Wenn Bauern auch Förderungen beziehen und ihnen das oft vorgehalten wird, so darf doch erwähnt sein, dass sie die Gelder meistens gleich investieren – allerdings nicht in Traumurlaube und fette Boliden, sondern in Neu- oder Umbauten, aber auch in Maschinen. Davon profitieren letztlich auch andere Unternehmen und deren Mitarbeiter.

Jetzt gehen wir durch den Schatten, den der Kropfsberger Burghügel ins Tal wirft. Im November steht die Sonne nicht mehr hoch genug, die Sonnenstrahlen bleiben auf der Burg hängen. Selbst im Schatten machen wir uns aber nicht die Mühe, die Jacken anzuziehen. Es ist eben ein extrem warmer November heuer – aber es kann ganz schnell auch ganz anders kommen. Weil es so schön und warm ist – wir haben die Schattenzone hinter uns gebracht und gehen wieder in der Sonne –, und weil gerade eine Bank dasteht, setzen wir uns noch einmal hin.

Simon füttert uns mit Traubenzucker. „Seid ihr müde?"

„Nein", sagt Sepp schnell, „aber die Bank …"

Ja, die Bank hat uns dazu verführt, uns wieder hinzusetzen, obwohl wir wissen, dass das Aufstehen und die ersten Schritte danach sehr schwer sein werden.

Nach meiner Schätzung, basierend auf den Kenntnissen aus dem Plan von Carmen und unserem derzeitigen Stand, müssten wir es schaffen, bis etwa sechs Uhr abends den Sankt Georgenberg zu erreichen. Unser Schritttempo hat zwar etwas nachgelassen und zweimal haben wir eine Rast zum Jausnen eingelegt, trotzdem …

Zwei Leute mittleren Alters kommen näher. Sie sind verliebt, das sieht man ihnen von Weitem an. Schon wie sie ihn anschaut – nein, anhimmelt!

Ist sie seine Gattin?

Oder seine neue Flamme?

Sie grüßen nur flüchtig und schweben an uns vorbei.

Warum haben die beiden heute – hallo, es ist ein Werktag! – Zeit, einfach spazieren zu gehen? Vom Alter her zählen sie zu denen, die um diese Tageszeit noch arbeiten müssten.

Haben sich die beiden vielleicht frei genommen – Urlaub oder Zeitausgleich –, und nützen sie jetzt das warme Wetter, um ins Glück zu spazieren?

Noch etwas scheint komisch, ja richtig verdächtig:

Wenn das die Gattin des Mannes ist, warum spazieren sie dann nicht mitten durch den Ort, sondern suchen die Stille und Abgeschiedenheit eines schmalen Feldwegs?

Also wird es doch die Freundin sein.

Was da wohl läuft?

Geht das schon länger so?

Und hat die Gattin, die bedauernswerte, noch gar nichts bemerkt?

Das wohl kaum – sie hätte ihn sicher schon längst „hinausgeworfen".

Hat sie aber nicht, und deshalb streichen die beiden jetzt den Stauden entlang. Aber vielleicht hat sie ihn schon an die Luft gesetzt, womöglich können sie tun und lassen, was sie wollen; allerdings hat er wahrscheinlich kein Dach mehr über dem Kopf.

Hat er damit seine Lage verbessert?

In sexueller Hinsicht vermutlich schon, aber in materieller? Nun ist er der Neuen ausgeliefert, muss nach ihrer Pfeife tanzen. „Oder, was meint ihr?"

„Freundin", sagt Sepp trocken. „Warum?"

„Das ist doch klar bei dem Verhalten!"

Eigentlich sind wir schon etwas hart mit unserem Urteil. Unsere Bewertung der beiden kann stimmen, muss es aber nicht.

⊰⊱

„Dort drüben, das ist es. Das Jungvieh gehört sicher dazu", wechselt Simon das leidige Thema.
„Zu was?", will Sepp wissen.
„Zu dem Gutshof, von dem ich euch erzählt habe. Den mein Verwandter verwaltet."
„Ach ja, der ..."
Vorhin bin ich zu streng gewesen in meinem Denken über die Jungen. Ganz viele sind tüchtige Leute, lernen, arbeiten, rauchen nicht, trinken wenig. Ich mag die Jungen, wir haben selbst fünf. Und die haben sich schon wieder vermehrt. Dass sie ein wenig anders leben, andere Ziele und Anschauungen haben als wir, das passt schon. Auch wir haben vieles anders gemacht als unsere Eltern.
„Das Wasser da, das ist nicht mehr der Inn, das kommt aus dem Zillertal", unterbricht Simon meine Gedanken.
„Dann ist es der Ziller", muss ich ihm sagen.
Das Ufer ist an der Stelle, wo wir die Ache erreichen, stark mit Stauden und Bäumen bewachsen, sodass man gar keinen richtigen Durchblick mehr hat. Der Weg zieht dem Zillertal zu einen leichten Bogen. Schon möglich, dass sich der Inn verabschiedet hat. Und wir haben es gar nicht bemerkt.
Hier verläuft sie also, die Grenze, die kirchliche. Östlich vom Ziller gehört alles zur Erzdiözese Salzburg, westlich davon zur Diözese Innsbruck. Obwohl wir nur die Volksschule besucht haben, kennen wir uns aus in der Welt. Wir haben gute Lehrer gehabt, auch weibliche Lehrerinnen. Naja, alles wissen wir auch nicht, müssen wir aber auch nicht. Die Diözesangrenze erkennt man auch daran, dass auf der westli-

chen, der „Innsbrucker Seite" die Kirchtürme vorwiegend rot, auf der östlichen „Salzburger Seite" jedoch grün eingedeckt sind. Die grüne Farbe kommt daher, dass die (reichere) Diözese Salzburg für die Dächer Kupfer verwenden konnte, während die „Resttiroler" sparsamer und mit Ziegeldächern zufrieden sein mussten.

※

Als nächsten Ort sollten wir Strass erreichen. Unter einer Brücke durch, auf der anderen Seite hinauf, über die nächste Brücke drüber, dann langsam von der Straße links abweichend, marschieren wir dem Ort entgegen.
Weit sieht man jetzt hinein ins Zillertal. Ebene Felder am Talboden, große Bauern, in allem ziemlich tüchtige, insbesondere geschäftstüchtige Leute sind sie, die Zillertaler. Und sehr musikalisch. Viele Musikgruppen kommen aus diesem weltbekannten Tal. Auch der Obmann des Tiroler Trachtenverbands ist ein Zillertaler. Ein paar Mal bin ich selber schon ins Zillertal hineingekommen. Einmal sogar weit hinein, bis nach Tux. Dort wird die Welt steiniger, die Berge rücken näher. Aber die Leute wissen sich zu helfen.
„Wisst ihr, was ich daheim geschaut, berechnet habe?" Ich muss etwas unbedingt loswerden und es meinen Mitwallfahrern sagen.
„Nein, sag's halt."
„Auf der Landkarte habe ich geschaut, sogar mit einem Lineal gemessen."
„Was hast du gemessen?"
„Die Landkarte hat er abgemessen", lacht Sepp.
„Dass es von Itter nach St. Georgenberg ungefähr fünfzig Kilometer sind, hab' ich euch schon gesagt. Ich hab' aber auch von drei anderen Richtungen gemessen."
Sie verstehen nicht ganz.

„Aus allen vier Himmelsrichtungen sind Wallfahrer unterwegs, habe ich angenommen. Von wo müssten die losmarschieren?"

„Du bist ein ganz ein Komischer", meint Sepp trocken.

„Von oben herunter, von Innsbruck weg?", getraut sich Simon zu raten.

„Von ein bisschen weiter oben, von Zirl weg, sind's bis zum Georgenberg auch etwa fünfzig Kilometer. Und von der Seite", ich zeige ins Zillertal, „von Mayrhofen weg, durchs ganze Zillertal heraus, und von Norden her müsst' man von der bayrischen Grenze hinter Achenkirch durchs ganze Achental heraushatschen, bei der Kanzelkehre herunter und dann …"

„Dann sind also aus allen Richtungen heute ein paar Tapfere unterwegs, und wir treffen auf dem Georgenberg mit ihnen zusammen", will mich Sepp pflanzen.

„Ich hab' ja nur angenommen …"

„Aber es könnten ja zufällig welche losgegangen sein", beharrt er.

„Ja, ganz zufällig schon", pflichtet ihm Simon bei.

„Das müsste aber schon ein ganz gewaltiger Zufall sein."

Sepp bleibt ein bisschen zurück. „Was hast du? Gehen wir zu schnell?"

„Nein, nichts!"

„Beim Postwirt kehren wir ein", schlägt Simon vor, der weiß, wo ein Wirtshaus steht. „Das Haus mit den schönen Steinen."

„Ja, wenn er überhaupt offen hat."

„Der hat offen", beharrt Simon.

Verdammt, es ist schon bald zwei. Der Tag beginnt uns davonzulaufen. Dann sehen wir das Wirtshaus endlich. Es brennt Licht, es hat also offen. Wenigstens eine Sorge weniger. Ein paar Stufen führen hinauf zur Haustür. Was mache ich mit meinem Stock? In der Gaststube schaut ein Wanderstock unpassend aus. Ich lehne ihn an die Wand neben der Haustür.

„Den stiehlt dir schon niemand", tröstet mich Sepp.

Links, vier Schritte nach der Haustür, betreten wir die Gaststube. Platz ist auch. Ein paar Gäste sitzen an den Tischen. Zugegeben, ich freu' mich aufs Niedersetzen. An einem Ecktisch nehmen wir Platz, unsere Rucksäcke stapeln wir in die zuerst leere Ecke. Ah, es tut wirklich wohl, das Niedersetzen, auf das ich mich so gefreut habe. Ein bisschen verschnaufen, dann werden wir uns etwas Gutes bestellen.

Plötzlich stört Sepp die friedliche Stille und sagt: „Ich habe eine Schuhblatter."

„Was hast du? Eine Schuhblatter?"

„Ja", sagt er leicht resigniert.

Ja, was … was tun wir jetzt?, denk' ich. Er muss eine richtig große haben, sonst hätt' er gar nichts gesagt. „Wo hast du sie?"

„Am Fuß!"

„Das hab' ich mir gedacht. Am linken oder am rechten?" Kaum dass ich diese wesentliche Frage gestellt hab', fällt mir ein, das es wohl gleich bleibt, an welchem Fuß es ihm die Blase aufgezogen hat.

„Am recht'n!"

„Das richten wir. Das kriegen wir hin. Ich hab' Verbandszeug mit", schaltet sich Simon ein. An was der alles gedacht hat!

Die Kellnerin fragt nach unseren Wünschen. Obwohl es keiner ausspricht, haben wir alle drei ähnliche Gedanken. Zum Mittagessen ist es zu spät – und der Hunger ist uns ein wenig vergangen, also bestellen wir Kaffee. Und etwas dazu. Die Kellnerin zählt einige Kuchensorten auf. Sepp und Simon nehmen (jeder für sich) eine „Nuss", ich eine „Sacher".

„Sie ist schon aufgebrochen, ich spür' es im Schuh", jammert Sepp. Er meint die Fußblase und macht Anstalten, den rechten Schuh auszuziehen. Simon hält ihn davon ab und geht mit Sepp zur Blasenbehandlung aufs Herrenklo. Ich halte derweil die Stellung in der Gaststube.

Da haben wir die Bescherung! Gott schickt Sepp eine Strafe, und das genau während unserer Wallfahrt. Das Ganze richtet sich also auch gegen uns zwei, weil, wenn Sepp ... obwohl, eines muss ich allerdings eingestehen. Ich hab' nicht geglaubt, dass es so weit ist. Fünfzig Kilometer, das hab' ich schon gewusst. Jetzt werden wir vielleicht fünfunddreißig zurückgelegt haben. Dass sich das so ziehen kann! Meine Hüften ...

Die beiden erscheinen wieder. Sepp kann allein und aufrecht gehen – allerdings etwas seltsam auf der Ferse humpelnd. Den Schuh trägt er in der Hand, und sein Gesicht verrät, dass ihn Schmerzen plagen.

„Und wie schaut es aus?", will ich gleich wissen.

„Sepp hat eine ordentliche Blatter am Fuß, und sie ist aufgebrochen", berichtet Simon.

„Vielleicht soll ich aufhören", sinniert Sepp.

Uns fehlen die Worte.

Schweigend warten wir auf den Kaffee, doch die Gedanken flattern, suchen, wägen ab. Sollen, ja, dürfen wir ohne Sepp weitergehen? Oder müssen wir das Ganze hier und jetzt abbrechen? Daheim anrufen, dass sie uns holen? Nein, nein und nochmals nein! Eine solche Niederlage würde lange schmerzen.

Sepp selbst gibt die Antwort. „Ich frag' die Kellnerin, wie ich nach Jenbach komm', von dort kann ich mit dem Zug heimfahren – oder auch nicht."

Eine gute Idee und ein kleines, aber immerhin ein Licht am Horizont!

Sepp ist ein harter Hund, so schnell gibt der nicht auf. Ohne Sepp wäre die Wallfahrt keine …, keine vollkommene mehr. Obwohl, selbst auf den Himalaya muss manche Expedition abgebrochen werden. Wegen widriger Umstände. Zugegeben, ganz kann man es nicht vergleichen, bei uns geht es nicht direkt um Leben und Tod.

Kaffee und Kuchen mit Schlag werden gebracht. Bedrückt und doch hoffnungsvoll, dass sich die Lage zum Guten wenden werde, verzehren wir erst einmal das Servierte. Und ich noch ein zweites Stück Sacher.

❧❧

Eine Frau betritt die Gaststube, schaut sich um und setzt sich an einen freien Tisch, zwei Tische von uns entfernt. Gut schmecken Kaffe und Kuchen, Sepp zieht den Schuh wieder an. Die Frau wird etwa zwanzig Jahre jünger sein als wir. Und trotzdem ist sie allein …

Wir essen und trinken wortlos fertig. Sepp schielt in ihre Richtung, auch Simon wirkt unruhig, sitzt aber ungünstig – mit dem Rücken zu ihr. Was mich aber am meisten verblüfft – diese Frau schaut ungeniert zu uns herüber.

„Jetzt hab' ich aber genug!", stellt Sepp fest.

„Dann werden wir gleich bezahlen", schlägt Simon vor. „Ich geh' nur noch aufs Klo", fügt er hinzu, steht auf, dreht sich um und wandelt Richtung Klo.

Einen „G'spritzten" trinken wir doch noch. Man soll ja viel trinken! Und dann passiert, was ich schon kommen sehen hab': Die Frau verwickelt uns in ein Gespräch. Sie fängt an, indem sie behauptet, einen von uns schon irgendwann, irgendwo gesehen zu haben; sie sei sich aber nicht mehr sicher und so …

Soll und darf man einer solchen Frau die Antwort verweigern? Wir haben es nicht können. Sie komme aus dem Zillertal, erzählt sie, von ganz drinnen. Hier im Wirtshaus warte sie auf eine Freundin, mit der sie dann nach St. Johann fahre und so weiter. Auch wir verraten, woher wir kommen und wo wir hinwollen und so weiter.

So eine freundliche, fremde Frau! Es sitzen einige Leute in der Gaststube, aber die sind uns gar nicht aufgefallen – ganz im Gegensatz zu dieser Neuen.

Zu einem Heilpraktiker würde sie mit der Freundin dann fahren …

„Wo es der wohl fehlt?", murmelt Sepp und schmunzelt süffisant.

Simon und ich schämen uns für Sepp und seine schmutzige Phantasie. Aber eines zeigt sich: Sepp ist auf dem Weg der Besserung.

Ist das überhaupt wahr, was uns die Frau da alles erzählt? Man muss höllisch aufpassen bei den Frauen, und trotzdem übersieht es noch mancher. Wartet die überhaupt auf eine Freundin? Es könnte ja auch ein Freund sein. Etwas zu trinken bestellt sie nun.

Freundin trifft keine ein, auch kein Mann.

Wir unterhalten uns weiter.

Ich schaue einmal wie zufällig auf die Uhr – und erschrecke: Die Zeit wird zu unserem Feind. Wir sollten aufbrechen. „Wir müssen zahlen und gehen", mahne ich.

„Zuerst muss ich noch fragen, wie ich …"

„Ja, fragen wir einmal."

Die Kellnerin kommt in unsere Nähe.

„Fräulein", beginnt Sepp vornehm, „kannst du mir ein Taxi rufen, ich muss nach Jenbach."

„Fahrt doch mit der Zillertalbahn, die hält direkt gegenüber von unserem Haus. Alle halbe Stunde fährt eine. Um vierzehn Uhr vierzig kommt die nächste."

Jetzt haben wir so viel Information auf einmal erhalten, dass wir sie erst verarbeiten müssen. Die Zillertalbahn, sehr gut! Die Zeit, die angegebene – das geht sich leicht aus, auch gut! Und ... die Kellnerin hat gesagt: „Fahrt doch ...!" Damit hat sie uns alle drei gemeint. Simon und ich schauen uns gegenseitig an – auch sehr gut! In dieser Sekunde beschließen wir ohne Worte, alle drei mit der Zillertalbahn nach Jenbach zu fahren.

„Wie geht es dir, Sepp?", frage ich ihn zaghaft.

„Wie soll es mir gehen?"

„Ja, dein Fuß?"

„Der ist noch dran." Sepp ist zum Spaßen aufgelegt – noch einmal sehr gut! Wir packen unsere Sachen zusammen, bezahlen und stehen auf. Komisch, nichts tut uns weh. Schade ist nur, dass wir die freundliche Zillertalerin zurücklassen müssen.

❦

„Maria Brettfall", das kleine Kirchlein schaut gütig auf uns herunter, als wir den Postwirt verlassen. Dort sollte man auch wieder einmal hinaufgehen. Es ist schön dort oben.

„Dein Stock!", mahnt Sepp.

Beinahe hätte ich ihn vergessen.

Es sind kaum mehr als dreißig Schritte bis zur Haltestelle der Zillertalbahn. Vergeblich suchen wir einen Fahrkartenschalter im und am Wartestellenhäuschen. Wir gehen auf „Nummer sicher" und umrunden es noch einmal.

„Musst du Fahrkarten in Zug kaufen", erklärt uns ein Wartender in gebrochenem Deutsch.

„Danke", sagen wir staunend.

Die Welt hat sich verändert. Ein Ausländer muss uns erklären, was Sache ist. Vielleicht leben ältere Bauern tatsächlich schon hinter dem Mond? Ich schaue nach oben und bin zufrieden. Die Sonne ist noch da. Sie hat zwar den Himmel zum Großteil überquert, doch sie scheint noch, als wir in den Zug einsteigen. Gar nicht wenige Leute sind drin. Und der Schaffner! So einen netten, gütigen, geduldigen Schaffner habe ich noch nie erlebt. Zuerst hört er uns zu, dann gibt er bereitwillig Auskunft und zuletzt verkauft er uns günstige Fahrkarten bis Jenbach. „Dort ist die Zillertalbahn dann zu Ende", sagt er.

Simon und Sepp bleiben stehen, ich setz' mich nieder. Gleich darauf auch Sepp.

☙❧

Da fällt mir etwas ein. Wegen unser Zugfahrt gehen wir nicht durch Rotholz. Rotzholz ist die Hochburg der Tiroler Bauern.

Dort stehen große Ställe und die Versteigerungshalle. Das ist ein richtiges Erlebnis, so eine Viehversteigerung! Kühe, Kalbinnen, manchmal auch Kälber oder Stiere werden angeboten und verkauft. Zuvor sind sie von Fachleuten in verschiedene Kategorien und Klassen eingestuft worden. Der Bauer, Jungbauer oder ein Helfer führt das Tier in den Ring. Ring sagt man, aber eigentlich ist es ein großes Oval, fast wie ein kleines Fußballstadion. Einige hundert Leute finden – auf den ansteigenden Sitzreihen – Platz. In der ersten Reihe sitzen die großen Käufer, es kann aber von überall aus gesteigert werden.

Vorn in der Halle sitzt etwas erhöht ein Mann, der Versteigerer. Er nennt zuerst den Ausrufspreis, dann geht es los. So einer ist zu bewundern, der muss ein gutes Auge und ein schnelles Mundwerk haben. Wie schnell da oft gesteigert wird, wenn Interesse an dem Tier besteht. Manchmal spielen sich auch kleine Tragödien ab. Der Bauer hat die Kuh jahrelang gefüttert, gebürstet und gut betreut – und dann kriegt er dafür kein Angebot oder er muss sie weit unter seinem erhofften Preis abgeben. Man kann auch abwinken und das

Tier behalten, das Problem ist aber meistens nur verschoben damit.

~~~

„Wie weit sind wir denn schon?"
„Wir kommen näher", erklärt Sepp.
„Und…?"
„Was und?"
„Wir gehen weiter."
Simon hat es auch gehört. Erleichtert schnaufen wir durch. Wir bleiben alle drei beisammen. Ohne Sepp wären wir auf unserem Weg nicht mehr froh geworden. Obwohl er Schmerzen haben wird, wenn er weitergeht. Er ist hart im Nehmen. Wir haben das zwar gewusst, er beweist es aber erneut.
„Von Jenbach zum Georgenberg hinauf ist es aber noch ein schönes Stück zu Fuß", meint der Schaffner teilnahmsvoll. „Es fährt ein Bus nach Stans, wenn ihr euch beeilt, dann könnt ihr gleich weiterfahren. Oder sonst halt mit der Bahn."
Wir schauen einander an. So dumm ist dieser Vorschlag gar nicht. Wenn wir ihn befolgen, beeinträchtigt das allerdings unsere Leistung schon sehr. Simon greift sich an sein rechtes Schienbein, ich massiere meine Hüften.
„Ihr wollt bis Stans fahren", sagt Sepp auf seine trockene Art.
„Willst du etwa nicht?"
„Na gut, dann fahren wir halt bis Stans."
Der Zug wird langsamer, sind wir schon da? Ja, ja, ja – das ist schon Jenbach!
Wir verabschieden uns vom Schaffner. Nur von ihm! Die anderen Leute haben uns ignoriert oder abschätzig angeschaut. Beinahe hätte ich schon wieder meinen Wanderstock zurückgelassen. Auf der Alm ist er zugleich mein Hüterstock. Er ist ganz leicht, stammt von einer Hollerstaude. Einige Ver-

zierungen habe ich hineingeschnitzt. Im Zug ist er eher hinderlich, aber hinten lassen will ich ihn auch nicht.

Dass Sepp weitermarschiert, darüber bin ich richtig froh. Wenn er beim Kartenspiel auch unser Gegner ist – er und Toni und Simon und ich spielen zusammen –, aber ich weiß nicht, ob wir zu zweit überhaupt weitergegangen wären.

„Jetzt aber flott, meine Herren, wir müssen schauen, wo der Bus steht", mahnt Simon. „Der Schaffner hat gesagt, wir haben nicht viel Zeit."

Zuerst gehen wir von den Geleisen weg, über eine Stiege hinunter, durch die Unterführung, und dann …?

„Dort hinüber!", befiehlt Simon.

Als wir beim Bushalteplatz angekommen sind, sagt uns ein herumlungernder Mann auf unsere Anfrage, dass der Bus vor einer Minute gefahren ist. „Ihr hättet mitfahren wollen?", fragt er überflüssigerweise.

Wären wir nicht drei gutmütige Bauern auf Wallfahrt, wäre unsere Antwort anders ausgefallen. So sagen wir nur: „Warten wir halt auf den nächsten …"

„Ja", sagt der Mann, „der fährt in einer Stunde."

Das Leben ist ein ständiges Auf und Ab. Manchmal bist du auf einem Gipfel und willst jauchzen, dann wieder in einer tiefen Schlucht, wo einem alles mühsam und sinnlos vorkommt und die letzte Zuversicht raubt. Wir befinden uns jetzt an einem solchen Tiefpunkt. Obwohl wir die wirkliche Schlucht, die „Wolfsklamm", noch vor uns haben. Eine Minute – in einer einzigen Minute kann sich so viel entscheiden. Wären wir eine Minute früher an der Bushaltestelle gewesen, säßen wir jetzt im Bus nach Stans und könnten in ein paar Minuten unsere Fußwallfahrt fortsetzen.

„Was tun wir?"

„Wir schauen, wann ein Zug fährt", schlägt Simon vor.
Müde gehen wir zum Bahnhof zurück. Viele junge Leute sitzen und stehen herum. Ob wir sie fragen sollen, wann ein Zug fährt? „Da ist ein Fahrplan, schauen wir einmal", meint Simon.
„Ja, schau du, du kennst dich vielleicht aus?"
Eine andere Überlegung habe ich auch schon angestellt: Wir könnten zum Schloss Tratzberg hinaufgehen und von dort dann durch Wiesen und Wälder nach Sankt Georgenberg. Weit ist das allerdings schon, habe ich daheim auf der Karte gesehen. Nein, wir gehen schon durch die Wolfsklamm hinauf – und am nächsten Tag dann herunter nach Tratzberg.
„Und, Simon, wann fährt der nächste Zug?"
„In sieben Minuten."
„Bist du dir sicher? Hält der auch in Stans? Nicht, dass wir dann in Innsbruck landen."
Ganz sicher ist er sich nicht, das merke ich, er schaut immer noch angestrengt auf den Fahrplan. „Ja doch, der hält schon in Stans."
„Also fahren wir mit dem." Sepp.
„Dann brauchen wir noch Fahrkarten."
Simon und Sepp schauen mich erstaunt an.
„Ja, wollt ihr denn schwarzfahren? Und das noch auf einer Wallfahrt?" Da hab' ich vielleicht zwei mitgenommen ...
„Das kurze Stück", überlegt Sepp, „da kontrolliert sicher keiner."
Es wird wohl so sein. Aber wenn sie uns erwischen? Dass wir auf Wallfahrt sind, werden sie als Ausrede kaum gelten lassen.
„Müssen wir halt doch eine kaufen", meint Simon.
Drei Schritte vor mir steht ein Kartenautomat, eine Studentin drückt sich gerade eine Karte heraus. Fast beneide ich sie um diese Fähigkeit. Aber ich könnte sie ja fragen!

„Simon, Sepp, ich frag die', ob sie uns eine Karte herausdrückt."
„Ja, fragen kannst du sie ja."
„Fräulein, Sie haben sich gerade eine Karte …, könnten Sie für uns auch eine herausholen?"
„Komm, Nina, gehen wir …" Eine andere Studentin.
„Wohin wollen Sie?"
„Wir sind zu dritt, wir wollen nach Stans."
Sepp und Simon treten vor.
„Habt ihr eine Vorteils-Card?", will sie wissen.
Daheim hätte ich eine.
„Nein", sagt Simon für alle drei.
Nina beginnt den kalten Apparat zu bearbeiten. Das junge Fräulein holt für uns Altbauern eine Fahrkarte aus dem Apparat! Die Jungen sind halt doch …
„Das wird was kosten", meint Sepp und greift sich ans Gesäß, um die Brieftasche herauszuholen.
„Nein, lass, das zahl' jetzt ich." Ich hole Geld hervor, während der Apparat komische Töne von sich gibt. Dann reiche ich Nina einen Schein, den der Apparat sofort verschluckt. Wieder vollführt der Apparat mit dem eigenartigen Innenleben metallische Geräusche. Zuletzt hält Nina einen kleinen Zettel in der Hand und gibt ihn mir.
„Dort ist das Wechselgeld", sagt sie und zeigt nach unten.
Ich hole es heraus.
Wo ist Nina? Fünf Schritte entfernt geht sie davon. „Danke", rufen wir alle drei. Sie hat es noch gehört, hat sich schmunzelnd kurz umgedreht.
Es ist nicht gut für das Herz, dieses Auf und Ab der Gefühle. Das beansprucht den Herzmuskel enorm, habe ich einmal gelesen. Aber so ist die Welt nun einmal. Zuerst stürzt dich ein herumlungernder, unsympathischer Mann in die Tiefe, vier Minuten später holt dich ein lieblich holdes Fräulein wieder herauf.

Nun sitzen wir im Zug nach Stans. Schön ist es nicht von uns, dass wir diese bequeme Variante gewählt haben, doch der Fuß von Sepp ... ein bisschen Schonung tut ihm sicher gut.

※

„Rotholz haben wir links liegen lassen", bemerkt Simon.
Aha, auch ihm fällt es nun auf. Hab' ich zuerst nur an Bauern und Jungbauern gedacht, die die Kühe vorführen, so ist das nicht mehr ganz richtig. Auch Jungbäuerinnen oder Bauerntöchter sieht man immer öfter im Ring. Sogar Bekanntschaften können entstehen. Ja, wenn eine Bauerntochter in kurzer Lederhose und Trachtenhemd die Kuh flott vorführt, kann das schon Auswirkungen auf den Preis haben! Und nicht nur auf diesen! Der Bauernstand hat es heutzutage sowieso nicht mehr ganz leicht. Es ist nicht mehr selbstverständlich, dass ein Sohn die Landwirtschaft weiterführt. Zuerst lässt man sie alle einen Beruf lernen und später haben sie dann an der Bauernarbeit kein Interesse mehr. Wenn einer nur Töchter hat, ist es noch schwieriger. Hat sich dann endlich herauskristallisiert, welche die Hoferbin wird, gibt es immer noch ein großes Fragezeichen. Ein sehr großes sogar! Lernt sie den richtigen Mann kennen? Davon kann der Weiterbestand des ganzen Hofs abhängen. Sigismund fällt mir ein. Er ist heute nur noch ein seelisches Wrack. Eine ganz fesche Tochter hat er gehabt, als Hoferbin. Aber dann ... auf der Heimfahrt von einer Sennereiausschusssitzung, hat er mir erzählt. Es ist kurz nach Mitternacht gewesen, als ihm die Tränen gekommen sind. „Papa", habe sie ihm einen jungen Burschen vorgestellt, „das ist Florian, er studiert Psychologie." – Psychologie! Wenn sie wenigstens gesagt hätte, er ist Kaminkehrer oder bei der Müllabfuhr, dann hätte er gewusst, dass er etwas Sinnvolles tut, aber Psychologie! Langsam habe Sigismund

begriffen, dass er die letzten zwanzig Jahre umsonst gearbeitet und den Hof in Schuss gehalten hat.

Wir sind damals noch eine halbe Stunde im Auto gesessen. Sigi hat erzählt, und ich habe ihm zugehört, schweigend. Hab' ihn einfach reden lassen, so was kann helfen. Enttäuscht hat ihn dann auch noch seine Frau. Weil sie sich auf die Seite der Tochter geschlagen hat. Ja, so was hört man öfter. Aber es ist verständlich, wenn ein junger, charmanter Mann auch die Gefühlswelt der Mutter seiner Angebeteten durcheinander bringt. „Halt dich zurück, Sigi!", hat sie gesagt. „Du zerstörst die Zukunft deiner Tochter!" – Nun haben sie den Hof verpachtet, die Tochter verkauft Schuhe in der nahen Stadt, und ihr Gatte, der Psychologe, bearbeitet die Köpfe seiner Patienten, aber nicht den Hof. Hin und wieder sehe oder treffe ich Sigi, aber richtig unterhalten kannst du dich mit ihm nicht mehr.

„He, schläfst du?", Sepp klopft mir auf die Schulter.

„Was ist?"

„Wir sind da."

„Wo sind wir, in Stans?"

„Ja, wo sonst?"

„So schnell? Da hätten wir gehen auch können."

Wir steigen aus. Stans ist uns nicht so gut bekannt. Das Dorf ist ein bisschen schief. Den Boden meine ich. Ein wenig ansteigend ist er, dieser Ort. Eine große Kirche steht in der Mitte, weiter drüben sieht man eine zweite. Wir erfahren, dass die erste die Pfarrkirche ist, und die zweite ist die Laurentiuskirche, die um 1510 in romanischem Baustil erbaut, im Lauf der Zeit vergrößert und um 1700 umgebaut wurde. Erster Hinweis auf unser Ziel: Ziegel und Kalk stammen aus St. Georgenberg. Zweiter Hinweis auf unser Ziel: Früher war die Laurentiuskirche Ziel von Wallfahrten.

An einem Lebensmittelgeschäft schleichen wir langsam vorbei.

„Sollen wir uns noch etwas kaufen?", frage ich die beiden Weggefährten. Sepp hat keinen Hunger, Simon auch nicht, also hab' ich auch keinen.

Eine Hinweistafel zeigt uns, dass wir auf dem richtigen Weg sind. Frohgemut durchwandern wir Stans.

„Die Fahrkarten ...", sagt Sepp gedehnt.

„... hätten wir uns sparen können", beende ich den Satz. Somit ist dieses Kapitel auch besprochen und abgeschlossen.

≈≈

Nun spüren wir etwas und bleiben stehen: Es ist merklich kühler geworden. Jeder holt seine Jacke aus dem Rucksack. Links von uns liegt der Parkplatz, den Wallfahrer ansteuern, die mit dem Auto kommen. Wir brauchen keinen. Leute kommen von oben herunter, schauen, überlegen, grüßen. Haben die geglaubt, uns zu kennen? Oder haben sie sagen wollen: Spät dran seid ihr. Die können ja nicht wissen, dass wir oben übernachten.

„Wisst ihr was", verkündet nun Sepp, „bergauf geh' ich leichter, als immer nur eben dahin." Ja, auch wenn es mir beinahe ähnlich geht – aber Sepp ist Bergbauer; vielleicht liegt darin der Grund für seine Fußblase – als Bergbauer ist er nicht gewohnt, auf der Ebene zu gehen. Er tritt wahrscheinlich anders auf als ein Talmensch, weil er am Berg oben immer darauf gefasst sein muss, dass es bergab geht. Deshalb wird er den Fuß einseitig belastet haben. Soll ich ihm sagen, was ich gerade denke?

„Gesperrt!" steht auf einer Tafel, die auf die Seite geräumt ist. Um diese Jahreszeit, im November, wird die Wolfsklamm üblicherweise schon gesperrt sein. Schnee und Eis im Schatten da hinauf, das wäre normal. Aber heuer ist es noch warm. Richtig schön finden wir den Steig durch den Wald. Die hervortretenden Wurzeln – ein Gewirr, von unsichtbarer Hand angeordnet, von vielen Füßen erst richtig zum Vorschein gebracht. Aber bald wird es steiniger, bis dann nur noch blanker Fels dein Begleiter ist – blanker Fels und rauschendes, klares Wasser. Einmal, es wird wohl zwanzig oder dreißig Jahre her sein, sind wir da schon heraufgegangen. Mit den Kindern. Alle haben wir gestaunt, die Frau hat fast ein bisschen Angst gehabt (wegen der Kinder). Ein bisschen schattiger und dunkler kommt es mir nun vor. Es ist schon zwölf Minuten nach vier. Das Wallfahrtsabenteuer geht sich also noch gut aus. Bis etwa fünf Uhr sollten wir droben sein, schätze ich. Wenn nichts Außergewöhnliches dazwischenkommt.

Die ersten Stufen warten, die Schlucht verengt sich. Das Wasser ist der Baumeister gewesen, hat die Wolfsklamm in Jahrtausenden ausgeschliffen und geformt.

Die Natur zeigt uns, wie winzig und schwach der Mensch ist im Vergleich zu einem solchen Naturschauspiel. Ja, ein Schauspiel ist es, denn es geht weiter. Jeden Tag, jedes Jahr bearbeitet das Wasser den Fels, spült und schleift und rubbelt daran – ohne sichtbaren Erfolg. Vielleicht ein paar Millimeterbruchteile sind es, die das Wasser dem Fels entreißt, ihn abschleift.

„Gewaltig", sagt Sepp.
Wir nicken zustimmend.

❦

Langsam steigen wir höher. Immer wieder aufs Neue eröffnen sich beeindruckende Felsformationen. Immer wieder bleiben wir stehen und staunen. Tiefe, halbrunde Tümpel, entstanden durch das herabstürzende Wasser von höheren Schanzen, dazu das mächtige Rauschen.

Demütig setzen wir einen Fuß vor den anderen. Wären wir nicht schneidige Altbauern, ein beklemmendes Gefühl könnte einen überfallen.

Langsam wird es dämmerig – hier in der Klamm wohl noch früher –, ein Rauschen hüllt uns ein in der schmalen Kluft zwischen den steil aufragenden Felswänden, neben und unter uns der reißende Wildbach; nur oben, ganz weit oben siehst du ein schmales, langsam verblassendes Band vom Himmel über dem Karwendel.

„Wenn dir hier etwas passiert, wie holen sie dich da heraus?", sinniert Sepp.

„Was soll dir da passieren?"

„Wenn zum Beispiel die Pumpe ausfällt." (Er meint wohl das Herz).

„Dann kühlen wir dich mit diesem Wasser, bis die Pumpe wieder läuft." An manchen Stellen kann man das Wasser berühren.

„Mir fehlt nichts, ich mein' ja nur." Sepp denkt da ein bisschen vorausschauender, er hat bei der Feuerwehr manchen Einsatz geleitet und mitgemacht und dabei allerhand erlebt und aushalten müssen.

Immer höher gelangen wir. Das Zählen der Stufen haben wir längst aufgegeben.

„Schaut, dieses Wasser." Eine Quelle entspringt direkt aus dem Fels neben dem Steig. Direkt aus dem Felsen sprudelt es – ungefähr fünf Meter über dem Wildbach ein weiteres kleines Schauspiel der Natur. Der Steig macht viele Windungen, einmal gehst du auf der linken Seite der Schlucht, dann direkt über dem reißenden Wasser, ehe man auf die andere Bachseite wechselt. Derzeit rinnt nicht so viel Wasser, weil es wochenlang schon nicht mehr geregnet hat, trotzdem rauscht es mächtig.

Unsere Hochachtung vor den Erbauern dieses Steigs wird immer größer. Jetzt geht es gar durch einen kurzen Tunnel, den man durch eine große, vorstehende Felsnase gegraben hat. Gegraben ist falsch, gehauen mein' ich, es ist ja alles Fels. Früher, noch früher, wird der Steig um diese Felsnase herumgeführt haben, man sieht noch ein paar Baumstämme, die quer über die Klamm liegen.

Obwohl die Zeit fortgeschritten ist, wird es jetzt heller, die Klamm weitet sich. Es herrscht noch mehr Licht als Dunkel, in die Klamm hat das Licht allerdings nicht richtig eindringen können. Ein wenig schwerer, langsamer werden unsere Schritte nun doch. Wir haben eine ganz schöne Steigung überwunden, und sie ist noch nicht zu Ende.

Schon mehr als hundert Jahre ist die „Wolfsklamm" alt, und sie hat bis heute an Anziehungskraft nichts verloren. Über 354 Stufen und enge Steige kennzeichnen den Weg durch die Klamm. Im Wallfahrtsgasthaus erzählt uns das später der Wirt. Und ich glaube, die Staner haben recht, wenn sie behaupten, dass die Wolfsklamm die schönste ihrer Art in den Alpen ist.

❦

Etwas zu trinken gelüstet mich nun, bis mir einfällt, dass wir nichts mehr haben. Macht auch nichts.

Die Brücke des Wildbachs, die wir jetzt überqueren, schaut ziemlich neu aus. Die Erhaltung eines solchen Steigs verursacht viel Arbeit – und wohl auch Kosten. Es muss ja alles sicher sein. Würde eine Stufe brechen, der Wallfahrer oder Wanderer dadurch erschrecken und ausrutschen, er wäre verloren. Vielleicht macht – neben der wilden Schönheit der Natur – auch das den Reiz einer solchen Klamm aus: Dass ein einziger Fehltritt dein Ende bedeuten kann! Der Mensch sucht und braucht den Nervenkitzel.

Wir gehen allerdings nicht wegen dem herauf, sondern wir machen eine Wallfahrt! Und langsam nähern wir uns dem Ziel. Zwei junge Leute kommen von oben herunter, grüßen und sind schon wieder vorbei. Aha, die letzten Stufen, und nun betreten wir Waldboden. Gut und sicher fühlst du dich wieder auf festem Grund. Eine Bank ladet zum Verschnaufen ein. Wir folgen der Einladung

„Ist es noch weit?", will Sepp wissen.

„Nein, weit ist es nicht mehr. Vielleicht eine Viertelstunde noch."

Es ist ja lange her, dass ich ... Jede Einzelheit weiß ich auch nicht mehr.

„Dann gehen wir wieder." Simon steht auf.

Alle drei strecken und reiben wir unser Gestell ein wenig, dann geht es weiter.

„Da schaut!" Aufgeregt zeigt Simon nach oben.

„Sankt Georgenberg!"

∽∽

Hoch über den Baumwipfeln erkennt man die Wallfahrtskirche. Nach wenigen weiteren Schritten sieht man auch den gewaltigen Fels, auf dem das ganze Bauwerk thront – neben der Kirche das Gasthaus und das Klostergebäude. Wir schauen und staunen ehrfürchtig. Was die Leute früher alles geleistet haben! Mit einfachen Mitteln und Handarbeit. Aber für den Glauben, für Gott, ist man bereit gewesen, viel zu leisten.

Eines begreifen wir neben unserem Staunen aber auch: Wir müssen noch einige Höhenmeter bewältigen. Neben dem kleinen Bach geht es nun fast eben dahin. Und wieder begegnen uns junge Menschen, die ins Tal wollen. Vier junge, weibliche Wallfahrer, also Wallfahrerinnen.

„Hallo, Mädels", begrüßt sie Sepp frech.

Eine grüßt zurück.

Auf der anderen Seite des Bachs sieht man nun den breiten Pilgerweg, der von der sogenannten Weng heraufführt. Vom dortigen Parkplatz erreicht man in nicht einmal einer Stunde den Georgenberg. Und wer zum Parkplatz Weng will, muss beim Stift Fiecht in Vomp vorbei in die Höhe fahren. Wallfahrer und Gäste, die den breiten Pilgerweg von Weng hinauf gehen, erleben auch ein tolles Naturschauspiel. Der Weg geht steil bergauf, dann wieder hinunter, er hat viele Kurven nach links und nach rechts, man weiß um das Ziel, sieht es zum erstenmal erst nach einem guten Stück des Wegs, und im weiteren Verlauf des Wegs verliert man das Ziel aus den Augen, bis es nach einer scharfen Kurve wieder mächtig vor Augen tritt: So gesehen ist der Pilgerweg ein Bild für den Lebensweg der Menschen.

Der Pilger und Wanderer kommt auch an der sogenannten Freiungssäule vorbei, die der Volksmund „Weißmarter" nennt. Die Säule ist mit den Wappen von vier Stiftern geziert und markiert die Grenze des Asylrechts, das früher St. Georgenberg ausübte. Dann geht es hoch über der Wolfsklamm fast eben dahin bis zur Unteren Brücke, die Pioniere des Bundesheers vor vielen Jahren erneuert haben und wo der Pilgerweg und der Weg aus der Wolfsklamm herauf zusammentreffen.

Der Pilgerweg ist kein Fahrweg. Es gilt überhaupt Fahrverbot auf allen befahrbaren Wegen und Straßen. Fahren darf nur, wer die Bewilligung dafür hat – und das ist auch gut so.

∞∽∞

Der Weg beginnt wieder zu steigen, stark zu steigen. Für uns kein Problem.
„Oder wollt ihr einmal verschnaufen?"
„Nein, wir sind jung und fit", grinst Sepp.
„Ich bin schon neugierig auf oben", sagt Simon.
„Ja, das bin ich auch."
Es ist ein Unterschied, ob man einen Wallfahrtsort besucht und wieder verlässt oder ob man dort auch übernachtet. Zuerst haben mir die beiden ja gar nicht recht glauben wollen, dass man das am Georgenberg tatsächlich kann.

„Doch, ich hab' mich erkundigt", verkünde ich mit stolzgeschwellter Brust. „Bis sechzehn Personen können im Gasthaus St. Georgenberg übernachten. Allerdings nicht im Winter!"

Zuerst müssen wir aber hinaufkommen.

Die Steigung nimmt zu.

„Da, schaut!" Simon zeigt nach rechts oben. „Seht ihr die Gams?"

Ja, jetzt sehen wir sie. Die Gams springt einen Grat hinauf, bleibt stehen und äugt neugierig zu uns herüber. Sie steht auf einem Felsvorsprung, will uns zeigen, wie mutig sie ist und wie gut sie klettern kann. Plötzlich Hundegebell von hinten. Ein Hund kommt gelaufen, das Herrchen hechelnd dahinter. Oha, ein Sportler! Solche gibt es viele: zum „Brennholz Richten" zu faul, aber für den Sport schwitzen sie gern. Der Mann redet kurz mit uns und gibt sich ganz normal. Der Hund, ein wahrer „Winzling", hat die Gams längst gewittert und kläfft wie wild. „Die Gams ist öfters zu sehen", weiß der Mann. Dann läuft er auf einem abzweigenden Steig weiter hinter dem Hund her.

Die Gams steht immer noch dort. Wir setzen uns wieder in Bewegung, die Gams auch. Ein normales Auto kann diesen extrem steilen Wegabschnitt nicht befahren – davon sind wir alle drei überzeugt. Mit irgendeinem Fahrzeug werden sie aber doch hinaufkommen müssen, die Wallfahrer wollen – und werden – ja auch bewirtet werden. Interessant ist dieses Waldgebiet schon: unten herauf die wilde Klamm, dann wird es weit, fast eben, und nun geht es steil hinauf auf dieses markante Felsplateau zur Wallfahrtskirche.

Wie lange steht diese Kirche wohl schon? Einige hundert Jahre? Wer hat sie erbaut oder erbauen lassen? Da muss ich gescheitere Leute fragen. Ich glaube, irgendwo gelesen zu haben, dass die Kirche und die Nebengebäude auf dem Georgenberg viermal abgebrannt sind. Ja, wenn dort oben einmal ein Feuer entstanden ist, dann dauert's, bis eine Löschmannschaft eintrifft.

≈≈

Wir erreichen die denkmalgeschützte „Hohe Brücke" und durchschreiten das zinnengeschmückte Torhaus, das gut auch vor einem Schloss stehen könnte. Und dann stehen wir auf der Brücke. Aber was für eine! Ein wirklich interessantes und beeindruckendes Bauwerk. Der gemauerte Steinbogen trägt die Holzbrücke, die eine bemerkenswerte Spannweite hat und der einzige Zugang zum Georgenberg ist. Die vor einigen Jahren sanierte Brücke stammt aus dem Jahr 1497 und überquert in über dreißig Meter Höhe den Georgenberger Bach. Sieben Sekunden braucht die Spucke, bis sie unten aufschlägt. Nun müsste man die Fallgeschwindigkeit wissen, dann könnte man die Höhe der Brücke ausrechnen. Noch weitere Besonderheiten hat die Brücke: Sie ist überdacht und mit Schindeln gedeckt, sie steigt etwas an und macht eine leichte Biegung.

Mit Respekt vor den Erbauern überschreiten wir die Brücke. Schauen zuletzt noch einmal über das Geländer hinunter. Jedenfalls eine architektonische Meisterleistung. Ich glaube und bin überzeugt, dass die Menschen von früher genauso gescheit gewesen sind wie die heutigen.

Schweigend gehen wir das letzte Stück hinauf, Ehrfurcht hat uns ergriffen – und Freude. Wir haben es geschafft, haben unseren Vorsatz umgesetzt, an einem Tag diese Strecke zu bewältigen. Gut, acht Kilometer sind wir mit dem Zug gefahren, aber das hat seinen Grund gehabt. Sonst hätten wir halt eine gute Stunde länger gebraucht. Jetzt ist es – fünf vor fünf. So eine gewaltige Kirche da heroben zu bauen – die Menschen müssen triftige Gründe dafür gehabt haben. Rechts oben steht am Steilhang eine zweite, kleinere Kirche. Es ist, wie wir später erfahren werden, die Lindenkirche, die einst Wallfahrtskirche war. Die große Kirche – heute Wallfahrtskirche – war die Klosterkirche der Benediktiner, die bis in den Beginn des 18. Jahrhunderts ja nicht in Fiecht, sondern auf dem Georgenberg ihr Kloster hatten.

❧❧

Ist es verwerflich, wenn wir uns zuerst dem Gasthaus zuwenden? Wegen dem Gepäck, den Rucksäcken, lenken wir die Schritte Richtung Eingangstür desselben.

Nun stehen wir wieder in einer Gaststube, aber in einer ganz anderen. Eine noch junge Frau, vermutlich die Wirtin, begrüßt uns und fragt nach unserem Befinden. Kennt die uns? Nein, aber sie hat gewusst, dass heute noch drei Bauern aus dem Unterinntal auftauchen werden, und uns gleich als solche erkannt. Danach zeigt sie uns das Zimmer und übergibt mir den Schlüssel. Wenn wir geduscht und uns – sie deutet es ohne Worte an – hergerichtet haben, erwartet uns das Abendessen, betont sie. Dann ist sie dahin.

Glücklich und zufrieden setzt sich jeder auf sein Bett. Ah, herrlich ist es, auf der Welt zu sein! Eine Dusche, ein Essen und ein Bett erwarten uns – und eine Wallfahrtskirche. Ein Weilchen sitzen wir schweigend da, in Gedanken versunken.

„Wir müssen nur aufpassen, dass wir nicht …", sagt Simon. Wir wissen, was er meint. Er hat recht, der Schlaf könnte sich lautlos anschleichen.

„Wer duscht als Erster?", frage ich.

Simon zögert keine Sekunde.

Komisch ist das heute schon. Dauernd will oder muss man sich waschen. Wir haben kaum geschwitzt, sind durch keine Staubwolke gegangen – und doch wollen wir brausen. Verschwenden somit Wasser. Viele Leute haben kaum das Wasser zum Leben.

Sepp duscht als Zweiter, ich als Letzter.

Erfrischt, gekämmt und teilweise umgezogen, gehen wir vom ersten Stock hinunter in die Gaststube. Dort erwartet uns ein üppiges Abendessen. Das haben wir uns heute aber auch redlich verdient. Alexander aus Lettland wird uns vorgestellt, er ist sozusagen der Hausmeister. Die Wirtsleute, erfahren wir, fahren abends ins Tal. Jetzt fällt mir etwas ein.

„Habt ihr das Auto neben dem Haus gesehen?"

„Ja", sagen beide.

Es ist ein ganz normales gewesen.

„Und wir haben geglaubt, da kommt nur ein Spezialfahrzeug herauf", betont Simon.

„Ich würde mit dem unseren schon auch heraufkommen", prahlt Sepp.

Gut schmeckt das Essen. Alexander hält sich auf Distanz, hantiert am Laptop herum. Er ist noch jung, sein gutes Deutsch haben wir schon vernommen. Obwohl wir einen gesunden Hunger haben, müssen wir zuletzt etwas übrig lassen. Alexander räumt ab, fragt nach unseren Wünschen. Einen zweiten „Radler" will ein jeder. Doch bevor wir den trinken, gehen wir in die Kirche.

❦

Ganz vorn brennt hinter oder seitlich vom Altar ein kleines Licht, das gegen die Dunkelheit ankämpft. Die Stille und dieses Halbdunkel bewirken ein eigenartiges Gefühl. Es ist aber nicht beklemmend, nein, Ehrfurcht und Freude erfassen mich, ich fühle mich ... – ich kann es gar nicht beschreiben. Langsam wandern meine Augen umher, erfassen staunend die gewaltige Pracht dieser Kirche. Und wie groß sie ist! Kein Mensch würde vermuten, dass sich hier heroben so ein geräumiges Gotteshaus befindet. Auch Simon und Sepp verharren in schweigendem Staunen. Ich will beten, komme aus dem

Staunen aber nicht heraus, kann meine Gedanken noch nicht bändigen, zur Ruhe bringen. Immer wieder sehe ich Neues, Schönes, Prunkvolles – und das alles in dieser Einöde im Stallental, vor vielen Jahren erbaut auf diesem Felsvorsprung.

„Vater unser im Himmel …"

Endlich formen sich die richtigen Worte, fließen betend über meine Lippen.

„Heilige Maria, Muttergottes, bitt' für uns Sünder, jetzt und in der Stunde unseres Todes. Amen."

Ganz leicht fühle ich mich, zufrieden, geborgen.

„Heilige Maria!"

Etwas ist jetzt anders.

Ich schaue zu Sepp und Simon.

Sie sind nicht mehr da!

※

„Du hast aber viel abzubüßen gehabt", empfängt mich Sepp, „du hast gar nicht bemerkt, wie wir gegangen sind."

„Er hat halt gebetet", stellt sich Simon auf meine Seite.

Ja, das habe ich getan. Und ich schäme mich auch nicht dafür – obwohl das zu den Menschen der heutigen Zeit vielleicht besser passen würde.

„Wann seid ihr denn gegangen?"

„Vor einer halben Stunde."

Was? So lange bin ich in der Kirche gewesen?

„Und warum habt ihr mich dann hinausgesperrt?"

„Was – hinausgesperrt?", fragen beide.

„Die Tür zum Wirtshaus war verschlossen. Ich hab' ein paar Mal geklopft."

Die beiden stellen sich unwissend.

Nun kommt Alexander. „Oh, Entschuldigung", sagt er, „ich habe geglaubt, Sie sind auf das Zimmer gegangen. Und abends sperre ich immer ab."

„Wie bist du denn dann hereingekommen?", wundert sich Sepp.

„Mir ist, als ihr auf mein Klopfen nicht reagiert habt, eingefallen, dass beim Zimmerschlüssel ein zweiter dranhängt, und der hat bei der Haustür gepasst."

„Jetzt bis du ja da, spielen wir Karten?" Der Sepp – wer sonst?

„Sind wir nicht zu müde heute?", gibt Simon zu bedenken.

Nein, zum Kartenspielen sind wir ganz bestimmt nicht zu müde.

„Präferanzen" heißt unser Spiel. Das kann man zu dritt spielen, aber auch zu viert. Daheim, am Sonntag nach der Messe, spielen wir beim Rösslwirt gewöhnlich ein „Radl".

„Aber schon gewaltig, so eine Kirche. Oder was sagt ihr?"

„Mehr als gewaltig", meint Simon.

„Und was das für ein gewaltiger Aufwand gewesen sein muss, da heroben so eine Kirche zu bauen."

Noch einen Radler will jeder.

Alexander erkundigt sich, was wir da spielen.

„Präferanzen", erklären wir ihm.

Er kennt dieses Spiel nicht.

„Kannst du Ladinern? Wenn wir zu viert wären, könnten wir auch Ladinern."

Alexander kennt auch kein Ladinern. „Ich muss im Computer nachschauen", sagt er.

Wir spielen weiter. Sepp sagt an, dass er „Morden" will – für die Unbedarften: Da dürfen die anderen Spieler keinen Stich machen. Tatsächlich macht er das Spiel, und wir müssen – jeder – achtzig Cent berappen.

Man kann bei diesem Spiel auch „Betteln", das heißt, dass der, der einen Bettel ansagt, überhaupt keinen Stich machen darf. Gelingt das nicht, muss er jedem anderen Mitspieler sechzig Cent zahlen. Aber es gibt noch mehr Möglichkeiten bei diesem Spiel. Wenn du Pech hast, kannst du innerhalb von ein paar Stunden schon einen Zehner verlieren. Gewinnen aber auch.

☙❧

Allerdings kann ich mich heute nicht richtig konzentrieren auf das Spiel, zu viele Eindrücke sind noch nicht verarbeitet.
Noch etwas fällt mir jetzt ein. Vorhin hab' ich oben im Zimmer aus dem Fenster geschaut – und bin richtig erschrocken. Bah, da geht es hinunter! Das Haus steht ganz am Felsrand. Wohl an die hundertfünfzig Meter ist die senkrechte Wand hoch; am nächsten Tag erfahre ich, dass es „nur" etwa hundertdrei Meter sind. Außen am Fenster sind ein paar Fensterspangen angebracht. Die hätten wir allerdings nicht gebraucht, wir haben nicht vor hinunterzuspringen.
Alles ist ein wenig außergewöhnlich heute.
Zuerst der lange Fußmarsch, und nun wohnen wir für einen Abend und eine Nacht in einem Klostergasthof. Eine prunkvolle Kirche steht da, und knapp daneben geht es hundertdrei Meter in die Tiefe – im freien Fall. So etwas werden gar nicht viele Menschen gesehen und erlebt haben.

☙❧

„Ich kann Ladinern", sagt Alexander. „Was kannst du? Und wieso jetzt auf einmal?"
„Ich hab' nachgeschaut", sagt er nur. Wahrscheinlich auf seinem technischen Gerät. Ich hab' schon einmal gehört, dass man heutzutage fast alles abfragen kann. Direkt ein wenig unheimlich ist das. Wir üben, studieren und feilen lange am Kartenspiel, bis man es gut beherrscht – und dieser Alexander, der in der Einsamkeit des Georgenbergs lebt und arbeitet, will es in zwanzig Minuten erlernt haben!
Wir laden ihn ein mitzuspielen.

Also werden wir jetzt Ladinern. Die ersten zwei „Herzen" spielen zusammen. Sepp teilt die Karten aus. Simon trifft es mit Alexander, Sepp und ich helfen zusammen.

Und tatsächlich: Alexander kann Ladinern. Die Feinheiten, da stolpert er noch manchmal, aber sonst. Alexander ist ein schlauer Bursche, kommt aus dem fernen Riga in Lettland, ist Hausmeister auf Sankt Georgenberg und jetzt mit uns drei Bauern beim Ladinern!

Um halb zehn gehen wir schlafen. Wer in welchem Bett schläft, haben wir schon zuerst ausgemacht. Im Zimmer stehen noch ein großer Kasten, ein Tisch und ein Stuhl. Und auf dem Tisch liegt eine Bibel. Heute braucht sie keiner mehr.

Wir ziehen uns aus und legen uns ins Bett. Schnell werde ich wohl nicht einschlafen können. Ein fremdes Bett, und so viel haben wir erlebt heute!

„Gute Nacht", sagt Simon.

Wir erwidern das gleiche. Ab neun Uhr gibt es morgen Frühstück. So lange werden wir wohl kaum schlafen. Nett dünkt es mir, richtig nett.

„Sepp, wie geht es deinem Fuß?", fragt Simon.

„Nein, nein, das passt schon!"

„Also gute Nacht."

„Gute Nacht", sagen wir noch einmal. Es ist nicht ganz dunkel, obwohl kein Licht mehr brennt. Der Mond wird wahrscheinlich wieder stärker sein. Ich sehe draußen den Berg, den Wald. Die Vorhänge haben wir offen gelassen. „Da schaut keiner herein", hat Sepp gemeint, und wir sind derselben Meinung gewesen.

Ah..., rasten tut gut.

≈≈

Früher werden Mönche da heroben alles gedeichselt haben – in der Kirche, im Kloster, im Gasthaus. Eine Frau lebt noch heroben, hat Alexander gesagt, die betreut die Kirche. Gesehen habe ich sie nicht. Die wird in den Räumlichkeiten des angebauten Klosters leben. Simon scheint schon zu schlafen, Sepp dreht sich unruhig hin und her.

Im Sommer übernachten öfters Wallfahrer im Georgenberger Wirtshaus, jetzt im November kaum mehr. Das ganze Jahr werden in der Kirche zu bestimmten Zeiten Gottesdienste gefeiert, manchmal auch im Freien. Organisierte Nachtwallfahrten werden auch angeboten. Da gehen sie aber auf dem Pilgerweg von Stift Fiecht und der Weng herauf.

Ich glaube, Stift Fiecht und Sankt Georgenberg gehören irgendwie zusammen. Da werde ich mich aber noch genauer informieren. Müde bin ich schon, faul aber überhaupt noch nicht. Ich werde beten, bis der Schlaf kommt – für die ganze Familie, für die Meine, die Kinder und die Enkelkinder. Und für noch etwas: Dass wir nicht überrannt werden! Die ganze Welt ist in Aufruhr, Krieg herrscht in vielen Ländern. Schuldig gemacht haben wir uns alle. Wir werfen Lebensmittel weg – tonnenweise. Wir leben im Überfluss und fordern trotzdem immer noch mehr. Die Welt wird ausgebeutet, als gäbe es kein Morgen mehr. Jeder schaut nur auf sich und heute, was am nächsten Tag kommt, interessiert kaum jemanden. Der Mensch hat den Glauben verloren. Jeder fühlt sich selbst als Gott, der alles bestimmen und regeln kann. Kommt einer doch in Schwierigkeiten, dann wird Gott als der Schuldige gesucht – und vermeintlich auch gefunden. Warum bloß kapieren die Menschen nicht, dass es nur diesen einen Planeten, für uns dieses eine Österreich gibt? Warum wird polarisiert, was das Zeug hält, und die Bevölkerung mitunter fröhlich gespalten. Warum kapieren Politiker nicht, dass sie das Gemeinsame fördern und das Trennende überwinden müssen – ohne Hass, ohne Besserwisserei!

Nun muss ich aber zur Ruhe kommen mit meinen Gedanken, sonst wird der Schlaf noch lange auf sich warten lassen.

„Vater unser, der du bist im Himmel!"

Eine kleine Begebenheit fällt mir noch ein. Unlängst ist sie passiert. Eine Kulturveranstaltung habe ich besuchen wollen, habe aber diesen Saal, seine Adresse nicht genau gewusst. Rufst halt an, hab' ich mir gedacht, und fragst nach. Das habe ich dann auch gemacht, hab' das Telefonbuch genommen und nachgeschaut. Beim Stadtamt – oha, da haben sie viele Nummern. Nein, den Bürgermeister will ich nicht bemühen, auch nicht den Stadtamtsdirektor, aber bei … Kultur, steht da. Da bin ich genau richtig, hab' ich mir gedacht, hab' tapfer zum Telefon gegriffen und angerufen. Eine Frau, der Stimme nach mittleren Alters, hat sich gemeldet.

Nach der Nennung meines Nachnamens habe ich gesagt: „Ich hab' eine Frage: Wo ist der Kolpingsaal?"

„Dort, wo er immer gewesen ist", hat sie geantwortet.

So, da hab' ich aber eine erwischt! Mir ist doch glatt die Spucke weggeblieben, ich war paff und stumm, und das muss die an ihrer Freundlichkeit wohl auch selber leidende Frau gemerkt haben. Dass mich ihre Auskunft nicht viel weiterbringen würde, hätte auch ein Erstklassler ohne Reifeprüfung gemerkt. Und deshalb hat sie großzügig hinzugefügt: „Beim Inn unten ist er. Das Haus mit viel Glas."

„Aha", habe ich gestaunt, „beim Inn unten." Ob sie, die für Kultur zuständige Gemeindebedienstete, gewusst hat, dass der Inn durch die ganze Stadt fließt und dabei eine beachtliche Strecke zurücklegt, ist nicht beantwortet worden.

Die Dame ist langsam ungeduldig geworden: „Sind Sie nicht von hier?"

„Richtig, ich komme aus einem anderen Bezirk."

„Dann schauen Sie am besten im Internet nach, dort finden Sie auch die Telefonnummer. Sie werden ja anrufen wollen, wenn Sie dorthin wollen."

„Danke", habe ich gesagt und aufgelegt. Danach habe ich überlegt, ob ich nun zornig sein oder lachen soll?

Zornig könnte ich sein, weil man mich kalt abgefertigt hat. Ich habe höflich gefragt – aber vielleicht ist es heutzutage eine Frechheit, wenn man anruft, wo doch alles im Internet steht. Ich hab' aber kein Internet und bin trotzdem überzeugt, auch so zu überleben. Und wegen der Veranstaltung will ich auch nicht davor anrufen. Ich habe nur wissen wollen, wo sie stattfindet. Wo sich dieser Saal befindet.

Lachen könnte ich, weil sich die „Dame" selbst lächerlich gemacht hat. Sitzt in der Abteilung Kultur, hat eine Telefonnummer im Buch stehen und ist erzürnt, wenn einer anruft.

Aber vielleicht hat sie einen triftigen Grund gehabt, so kurz angebunden zu sein. Steckt sie in finanziellen Schwierigkeiten? Ist ihr der Hund oder der Mann davongelaufen? Es gibt unendlich viele Gründe, „schlecht drauf" zu sein.

Zuletzt hab' ich ein bisschen gelacht, aber nicht aus Freude, sondern um nicht zornig zu werden. Am nächsten Tag hab' ich ihr überhaupt verziehen. Eine Bekannte hat sich gefreut über meinen Anruf und mir auch genau erklärt, wo ich den Kolpingsaal finde.

Sepp schnarcht ein bissl. Ein kleiner Ruck an seiner Bettdecke, und er lässt es. Meine Augenlider werden schwer. Den „Glauben an Gott" könnte ich auch beten. „Ich glaube an Gott, den Vater den Allmächtigen, den Schöpfer des Himmels und der Erde ..." Wie geht dieses Gebet weiter? „... und an Jesus Christus, seinen Sohn" Nein, da fehlt etwas – oder? Lange ist es her, dass ich dieses Gebet gebetet habe. Seinen – eingeborenen – Sohn muss es heißen. Und danach? Wahrscheinlich bin ich nur zu müde, weil sonst kann ich den „Glauben an Gott" schon.

Draußen ist es heller geworden, kommt mir vor. Oder bilde ich mir das nur ein? Simon, glaube ich, schläft gut, ich höre ihn wenigstens schnaufen. Er tut das aber nicht so laut, dass es störend wäre. Und Sepp …? Gar nichts höre ich. Ich beuge mich in seine Richtung und lausche. Doch …, auch Sepp schnauft und schläft.

Nur ich bin noch immer munter.

Warum hat ausgerechnet Sepp diese Blase am Fuß bekommen? Natürlich bin ich froh, dass nicht ich leiden muss – Simon wird es genauso sehen –, aber treffen hätte es uns ebenso können.

Plötzlich weiß ich es: Sepp hat mehr Schritte machen müssen, hat sozusagen weiter gehen müssen – und schneller, weil er ist immer auf gleicher Höhe gewesen. Sepp ist ein bisschen kleiner von der Statur her als Simon und ich. Daher sind auch seine Beine etwas kürzer und mit ihnen auch seine Schritte. Genau das wird der Grund gewesen sein.

Wenn ich nun annehme, Sepp hat einen um fünf Zentimeter kürzeren Schritt als wir, wie viele Schritte mehr hat er dann machen müssen bei einer fünfundvierzig Kilometer langen Strecke? Fünfundvierzig ist ein bisschen blöd, das wird kompliziert, vierzig nehme ich. Wie viele Schritte braucht man für einen Kilometer? Wenn ich einen großen Schritt mache, würde ich etwa achtzig Zentimeter zurücklegen. Der Sepp würde fünfundsiebzig schaffen. Fünfundsiebzig? Das gefällt mir nun aber auch wieder nicht – nehmen wir siebzig.

Ein wenig Kopfweh verspüre ich jetzt. Kein Wunder, es ist – die Leuchtzeiger meiner Armbanduhr zeigen das – dreiviertel elf. Ich sollte schlafen. Davor muss ich aber noch ausrechnen! Bevor ich meinen Kopf mit den Zahlen konfrontiere und quäle, werde ich mir anders helfen.

※

Ganz leise schlage ich die Bettdecke zurück und stehe auf. Dann – im Halbdunkel musst du aufpassen, dass du nirgends anstößt – suche ich in meiner Tasche den kleinen Block mit dem Kuli. Gut, dass ich den Reißverschluss offen gelassen habe. Licht- und lautlos hantiere ich. Dann schleiche ich zur Klotür, drücke die Klinke herunter, öffne sie und husche hinein. Bevor ich sie schließe, horche ich noch zurück. Nein, keiner der beiden scheint etwas gehört zu haben. Ich mach' die Tür zu und suche den Lichtschalter. Langsam taste ich die Wand ab, finde aber nichts. Noch einmal – verdammt! Jetzt hab' ich den Block fallen lassen. Ist aber nicht weiter tragisch, jetzt habe ich beide Hände frei. Trotzdem finde ich keinen Schalter. Auf einmal die Erleuchtung: Der Schalter befindet sich draußen! Herrgott, na, womöglich werden die beiden doch noch munter. Aber es nützt nichts, ich muss hinaus.

Jetzt quietscht die Tür ein bisschen. Sofort verharre ich ganz reglos und still. Die beiden haben gottlob einen guten Schlaf. Nur einen Spalt – grad so weit, dass ich halt hinauslangen kann, mach' ich die Tür auf. Genau, da ist der Schalter! Ich betätige ihn und mache sofort die Tür wieder zu. Die Helligkeit blendet mich. Nun gehe ich ans Werk, setze mich auf die Klomuschel, hebe Block und Kuli auf und beginne zu rechnen.

Ein Kilometer, das sind tausend Meter. Ein Schritt beträgt achtzig Zentimeter. Hundert Schritte – achtzig Meter. Mit tausend Schritten komme ich auf achthundert Meter. Bleiben also noch zweihundert Meter. Wie viele Schritte brauche ich für zweihundert Meter? Mit zehn Schritten schaffe ich acht Meter. Bei hundert Schritten sind's achtzig Meter. Mit zweihundert Schritten hundertsechzig Meter. (Bleiben noch vierzig Meter). Ich denke scharf nach und komme zu einem Ergebnis: Ich brauche noch fünfzig Schritte. Weil fünfzig mal achtzig Zentimeter vierzig Meter sind. Zu den zweihundert Schritten die fünfzig dazu, macht zweihundertfünfzig. Die zweihundertfünfzig also noch zu den tausend dazu, macht eintausendzweihundertfünfzig Schritte für einen Kilometer.

Wir sind aber vierzig Kilometer gegangen. Also eintausendzweihundertfünfzig mal vierzig, dann habe ich das Ergebnis. Umgekehrt ist es aber leichter auszurechnen.

Also eintausendzweihundertfünfzig mal vierzig – gibt fünfzigtausend. Fünfzigtausend Schritte sind Simon und ich also gegangen! Gewaltig!

Und Sepp? Wie viele Schritte mehr hat er machen müssen? Seine Schrittweite nehmen wir an, beträgt siebzig Zentimeter. Mit zehn Schritten sieben Meter. Mit hundert Schritten siebzig Meter. Mit tausend Schritten siebenhundert Meter – bleiben also noch dreihundert Meter. Mit hundert siebzig, mit zweihundert hundertvierzig, mit …

Blöd, dreihundert braucht er nicht ganz. Aber viel weniger auch nicht. Ich nehme dreihundert. Also eintausenddreihundert. Und wieder mal vierzig. Gibt zweiundfünfzigtausend.

Sepp hat also zweiundfünfzigtausend Schritte gebraucht – Simon und ich nur fünfzigtausend. Um zweitausend weniger. Damit habe ich die Ursache für die Blase herausgefunden. Zweitausend Schritte mehr! Das muss ich den beiden morgen sofort erzählen. Nun muss ich aber schleunigst ins Bett.

Erst jetzt fällt mir ein – wenn von den beiden einer aufs Klo hätte müssen – die würden geschaut haben.

Langsam öffne ich die Tür. Putzdunkel ist es. Ich habe geglaubt, zuerst ist es – , na ja, vom Licht geblendet bin ich noch ein bisschen. Also warte ich ein paar Sekunden und schleiche dann zum Bett. Au, verdammt! Mein rechtes Knie! Ah … mit beiden Händen massiere ich es.

Warum steht das Bett jetzt weiter herüben?

Sepp dreht sich auf meine Seite, bleibt aber ruhig. Irgendwie bring' ich es schlussendlich fertig, unter die Bettdecke zu kriechen. Das Anstoßen hätte nicht sein müssen, aber sonst war es die Mühe des Kloaufenthalts wert. Ich weiß jetzt deutlich mehr als zuvor. Sonst hätte mich diese Frage womöglich die ganze Nacht gequält. Jetzt kann ich also beruhigt einschlafen.

Heilige Maria, ich danke dir, dass wir alle drei wohlbehalten – Sepp halt ein bisschen beschädigt – auf Sankt Georgenberg angekommen sind, dass wir gut verpflegt worden sind und nun zufrieden in den Betten liegen.

※

Noch etwas kommt mir ins Gedächtnis. Eine kleine, liebenswerte Begegnung. Ich versuche, obwohl ich kein Mitglied der Pfadfinder bin, zumindest jeden Spätherbst oder Winter „ein gutes Werk" zu tun. Ich habe mich eine Woche und im Jänner dann noch einmal als Fahrer von „Essen auf Rädern" einteilen lassen. Man opfert da zu Mittag ungefähr zwei Stunden Zeit und liefert mit einem Auto vom Sozialsprengel Essen für ältere Leute aus. Von Montag bis Donnerstag wird auch Essen für die Schule mitgenommen, Dienstag und Donnerstag auch für die Kinder des Kindergartens.

In der Ausgabestelle kriegt man einen Zettel mit den Namen der Empfänger, und da ist mir am Sonntag ein Name aufgefallen, der Name einer älteren Frau, die ich in meinem Leben dreimal getroffen habe. Vom ersten Mal weiß ich allerdings nichts mehr, das hat man mir später nur erzählt. Das letzte Mal ist wohl zwanzig Jahre her. Ihre Adresse ist auch auf dem Zettel gestanden, also bin ich zu dem Haus hingefahren und habe geläutet.

Nach ein paar Sekunden hat der Summton eingesetzt, und die Tür hat sich öffnen lassen. Dann bin ich im Hausgang gestanden. Wohnt sie im Parterre oder im ersten Stock? In dem Moment habe ich gehört, dass oben eine Tür geöffnet wird, und bin die Stiege hochgestiegen. Und dann sind wir zusammengetroffen. Zuerst hat Barbara ungläubig geschaut, dann hat sie zögerlich angefangen …

„Du? Bist es wirklich du?"
„Ja."
„Du bringst mir das Essen?"
„Ja, ich bring's dir."
„Nein, das ist aber ..., dass du zu mir kommst ..."
„Ich bin diese Woche eingeteilt dafür."
„Komm herein." Sie ist die paar Schritte in ihre Küche gegangen, und ich bin ihr gefolgt. Dann hat sie sich umgedreht und vor mich hingestellt. Eine kleine, alte, resolute und doch so liebe Frau. Eine Schürze hat sie umgebunden, die weißen Haare sind sorgfältig gekämmt.
„Weißt du noch, wer ich bin?", hat sie gefragt.
„Ja, Barbara, ich weiß es. Du hast mir damals auf die Welt geholfen."
„Und dabei hab' ich dir den linken Oberarm gebrochen. Spürst du noch etwas?"
„Nein, ich spür' nichts mehr, nach vierundsechzig Jahren!"
„Es ist mir so peinlich gewesen, und du hast mir so erbarmt. Ich muss mich entschuldigen."
„Nein, du brauchst dich nicht zu entschuldigen."
„Ich hab' einen kleinen Knacks gehört. Aber es ist so schwer gegangen ..."
„Meine Mutter hat es mir später erzählt."
Barbara macht sich noch Vorwürfe wegen damals. Sie ist eine junge Hebamme gewesen. Beinahe hätte ich sie umarmt.
„Geht es deiner Familie gut", fragt sie.
„Ja, es geht uns gut."
„Du hast schon übergeben, an den Jungen."
„Ja, habe ich schon." Die ist aber informiert ...
„Hat der auch schon Familie?"
„Ja, sie haben drei Kinder."
Barbara hat gestrahlt.
„Du bestellst nur am Sonntag ein Essen?"

„Ja, unter der Woche koche ich mir selber. Aber am Sonntag arbeit' ich nichts, da bestelle ich mir ein Festessen." Wie gütig sie schaut! „Den Sonntag muss man feiern", hat sie hinzugefügt.

„Barbara, ich muss … weiter."

Ja, so ist das gewesen. Wenn ich im Jänner noch einmal fahre, dann werd' ich ihr Blumen bringen.

Ah, schön ist es …

Der Wallfahrt zweiter Teil

Dienstag, 26. Jänner 2016
Dreiviertel zehn Uhr abends
Wetter: draußen schon dunkel, klar, Sternenhimmel

Habe im Fernsehen soeben den zweiten Durchgang des Herrenslaloms in Schladming geschaut. Kristoffersen, der Norweger, hat wieder gewonnen, Hirscher ist Zweiter geworden – vor dem Russen Khoroshilow. Neureuther, der Deutsche, der Führende nach dem ersten Durchgang, ist ausgefallen. Sonst hätte er gewonnen.
Die Meine ist schlafen gegangen, sie interessiert Sport nicht so. Neunundvierzig Programme habe ich durchgeschaltet nach dem Slalom, aber nichts gefunden. Beinahe wäre ich schon schlafen gegangen, habe aber ganz plötzlich zu schreiben begonnen. Und sitze jetzt in der Stube und denke und schreib'.
Am Nachmittag haben wir heute Karten gespielt. Sepp, Toni, Simon und ich. Nebenbei haben wir auch geredet – über dies und das, auch über unsere Wallfahrt damals im November. Sepp geht es wieder gut. Das ist in den ersten Tagen nach der Wallfahrt nicht so gewesen. Drum werde ich jetzt die Geschichte unserer Wallfahrt zu Ende erzählen.
Als ich damals auf Sankt Georgenberg endlich eingeschlafen bin, haben sich mein Körper und Geist doch beruhigt und gut erholt. Wahrscheinlich hat auch das Ausschlafen in der Früh dazu beigetragen. Erst um halb acht bin ich munter geworden. Daheim stehe ich sonst um sechs Uhr auf. Ein Weilchen bin ich noch liegen geblieben, dann …

❦

„Guten Morgen", sagt Simon, auch noch liegend. Auch Sepp begrüßt uns und behauptet, schon lange munter zu sein.
Ah, gut hab' ich geschlafen.

„Ihr habt auch gut geschlafen?"
„Ja," behaupten beide.
„Ich hab' später noch aufs Klo müssen", gestehe ich.
„Wir sind davor noch gegangen", antworten sie ahnungslos.
Sehr gut, sie haben also nichts bemerkt.
Sepp steht auf, kurz darauf auch Simon.
„Beeilen brauchen wir uns nicht, Frühstück gibt's erst um neun."
„Ich weiß," meint Sepp, „aber liegen kann ich um diese Zeit nicht mehr."
Ich wälze mich auch aus den Federn.
Simon ist schon beim Zähneputzen.
Sepp schaut aus dem Fenster. „Gewaltig", höre ich ihn sagen.
„Sollen wir noch einmal duschen?", fragt Simon.
„Nein, ich brause nicht, bin heute nicht im Stall gewesen."
Keiner braust sich.
Ich greif' zur Brille, setze sie auf die Nase und mich ans Tischchen und schau' in die Bibel. „Hört einmal her!" Laut lese ich einen passenden Psalm vor. Die beiden schauen andächtig, den Applaus halten sie aber zurück.
Simon kramt sein Handy aus der Tasche und geht zur Tür.
„Bleib da, du kannst auch neben uns telefonieren!"
Er geht trotzdem hinaus.
„Aha, ich verstehe", sagt Sepp, „er muss die Seine anrufen, er oder sie hält es nicht mehr aus."
Wir waschen und putzen uns und ziehen uns fertig an. Die Zeit vergeht langsam, und Simon hat sein Telefonat beendet.
„Gestern Abend habe ich noch etwas herausgefunden", sage ich bedeutungsschwer langsam.
„Was?", wollen beide sofort wissen.
„Das sag' ich euch später, bevor wir wieder daheim sind. Es ist zehn vor acht. Gehen wir vor dem Frühstück in die Kirche oder danach?"
Nach kurzer Debatte einigen wir uns, davor zu gehen.

Wir ziehen also auch den Pullover und die Wanderschuhe an und begeben uns nach unten. Aha, in der Gaststube wird schon gearbeitet, das sehen wir durch die Glastür. Wir gehen aber bei der Haustür hinaus und nähern uns der Kirchentür.
„Ob die überhaupt schon aufgeht?", zweifelt Simon.
„Wir werden es gleich sehen."
Auch heute ist es nicht kalt im Freien. Die Tür geht auf. Seitlich gehen wir vor, schauen, staunen und setzen uns dann in eine Kirchenbank. Schweigend verharrt und betet jeder. Ach, um so vieles bittet man Gott und die Gottesmutter: um Gesundheit, um Wohlergehen, um Ansehen, um Geld, um den besten Partner oder die fescheste Partnerin – man hat noch so vieles vor.
Aber sollte man nicht eigentlich danken?
Es geht uns gut, finanziell und körperlich. Über ein paar kleine Blessuren und Abnützungen kann wahrscheinlich jeder jammern, aber sie sind meist kaum der Rede wert. Vom Beten gleite ich ab, gerate wieder ins Staunen. Diese Kirche ist ein Juwel. Langsam durchwandern meine Augen sie.
Sepp steht auf: „Gehen wir wieder – oder?"
Also gehen wir halt.

❧❦

Beim Frühstück lassen wir uns verwöhnen. Geröstete Eier mit Speck, Wurst, Käse und Brötchen stehen bereit. Daheim geht's auch einfacher, man mag allerdings solche Köstlichkeiten schon auch. Genüsslich stärken wir uns, haben auch heute noch einen ordentlichen Fußmarsch vor uns. Über Schloss Tratzberg werden wir bis Jenbach gehen – und dann mit dem Zug heim. Nachdem jeder genug Kalorien für die Anstrengungen im Magen hat, gehen wir noch einmal aufs Zimmer, packen zusammen, was uns gehört – viel haben wir ja nicht mit – und sind endlich zum Abmarsch bereit. Die

freundliche Verabschiedung von den Wirtsleuten und Alexander bestärken in uns den Vorsatz, diesen Ort wieder zu besuchen. In der Kirche schauen wir auch noch vorbei, dann geht es den steilen Weg hinab zur beeindruckenden Hohen Brücke und danach sofort den schmalen Steig links hinauf zum Rossweidhof. Diesen Weg hat gestern der Mann mit dem kläffenden Hund dem Simon verraten. Ist auch gut so, womöglich hätten wir heute das große, gelbe Hinweisschild übersehen. „Da geht es schön ein bisschen auf und ab durch die Wiesen und Wälder nach Schloss Tratzberg", soll er gesagt haben. Was soll ich sagen? Der Mann hat nicht gelogen. Das Wetter zeigt sich auch heute wieder von seiner schönsten Seite, ein paar noch am Himmel stehende Wolken sind im Begriff, sich zu verziehen.
Wieder begegnen uns freundliche, gut gelaunte Leute; sie grüßen und lachen. Wir tun es ihnen gleich. Das Jungvieh vom Rossweidhof grast noch auf den Weiden. Gras steht zwar nicht mehr viel, aber das freundliche Wetter wird auch den Rindviechern gefallen. Beinahe bin ich versucht, den Block und den Kuli aus dem Rucksack zu holen, mich hinzusetzen und ein Gedicht zu schreiben; es wenigstens zu versuchen.
„Was sie jetzt wohl zu Hause gerade tun?", sinniert Simon und wirft mich brutal aus meinen poetischen Gedanken.
„Nichts werden sie tun", weiß Sepp, „wenn du dahin bist. Wenn die Katz' aus dem Haus ist, haben die Mäus' Kirchtag. Die Deine wird in der Sonne liegen oder spazieren gehen oder in der Stadt schauen, welche Aktionen die Großmärkte gerade anbieten."
„Und die Deine?", kontert Simon. „Die wird heute Taxen hacken."
Sepp verzieht keine Miene. Dann lachen wir aber doch alle drei. Heutzutage wird bei keinem Bauern mehr die Einstreu auf diese Art und Weise hergestellt. Kurzum: Tatsache ist,

dass wir alle drei eine Tüchtige daheim haben. Altbäuerin darf man schon deshalb nicht sagen, weil sie auch im Pensionsalter mitarbeiten wie die Jungen. Zu sehr loben sollte man sie aber auch nicht …

≈≈≈

Ausgerechnet jetzt fällt mir etwas ein, was ich den beiden unbedingt erzählen muss.
„Auf dem Weg zum Georgenberg", sag' ich, „haben wir gestern etwas übersehen."
„Ja, was denn?", fragen beide gleichzeitig.
„Noch ganz in der Früh und weit unten im Tal der Ache", fahre ich fort.
„Jetzt sag schon endlich!", drängt Sepp.
„Etwas, das nicht zu übersehen ist, und das wir nicht übersehen hätten dürfen: das Grattenbergl."
„Du hast recht", stimmt Simon mir zu. „Da hätten wir sogar noch hinaufgehen können zum Kirchlein."
„Genau das hätten wir ganz sicher gebraucht in aller Herrgotts Früh", sieht Sepp die Meinung Simons kritisch
„Musst dich nicht aufregen. Wir sind ja eh nicht hinauf", beruhige ich
Die felsige Erhebung, die mitten im Inntal über sechzig Meter hoch aufragt, liegt auf Kirchbichler Gemeindegebiet, ist seit 1956 Naturdenkmal und wird der „Nabel" genannt. Im Sommer weidet dort droben Jungvieh. Gekrönt ist der Nabel von der Kapelle „Mariae Heimsuchung", von der aus man einen herrlichen Rundblick weit übers Land und auf Wörgl genießt. Allerdings wachsen auf dieser Seite Stauden und Bäume und beginnen, die Aussicht einzuschränken. Gegenüber vom Autohaus Brunner fällt das Grattenbergl in einer fast senkrechten Felswand zur Straße ab, was Hobbykletterer zum Trainieren einlädt. Das ist mir beim Vorbeifahren

schon öfters aufgefallen – auf die Straße hab' ich aber schon auch geschaut, wenigstens mit einem Auge. Auf der Rückfahrt von Wörgl nach Itter kannst du in Brunners Auslage – mit einem Auge – die neuesten Modelle von Mazda und KIA bestaunen.
„Beim Heimfahren werden wir aber auch nicht mehr extra anhalten und hinaufgehen", unterbricht Simon meine Gedanken.
„Das werden wir ganz sicher nicht tun!", schlägt Sepp in dieselbe Kerbe. Er ist nicht erpicht darauf, noch einen Berg zu erklimmen.
„Wir könnten auf dem Weg hinaufwandern", hielt ich dagegen. „Oder nehmen wir die Felswand?"
Beide winken wortlos ab.
„Das Grattenbergl seh' ich von daheim aus jeden Tag, wenn ich will", stellt Sepp noch fest. Es ist tatsächlich so, Sepp sieht weit ins Inntal hinaus. „Wären die Brandenberger Alpen nicht, würd' ich bis München sehen!", ergänzt Sepp.
Vielleicht schreibe ich einmal etwas über diese felsige Erhebung im Inntal, wo sonst doch alles flachgehobelt worden ist – vor Millionen von Jahren.
„He, geh weiter, was hast du denn?" Die beiden sind ein paar Schritte voraus.
„Nichts hab' ich, nur ein bissl ins Sinnieren bin ich gekommen."
„Über was?", wundert sich Simon. Sie haben schon wieder alles vergessen.
„Über nichts", sage ich.
„Das muss man erst können", meint Sepp, „über nichts nachzudenken."
„Ja, das muss man können."
Jetzt geh'n wir wieder fast im Gleichschritt.

Auf dem Steig kommen wir hintereinander gut voran, obwohl es zuerst steil bergauf geht. Problemlos kommen wir zum Rossweidhof und staunen nicht schlecht über den Lawinenspaltkeil, den man in die Landschaft gesetzt hat, um das Anwesen zu schützen. 42 Millionen Schilling soll das gekostet haben, läppische drei Millionen Euro also. Ich möchte nicht wissen, was das heute kosten würde.
Nach dem Hof nehmen wir die Straße über das kleine Plateau und entfernen uns immer mehr vom Georgenberg. Nun geht es ständig bergab. Auf dem Asphalt ist das auch keine Freude! Und dann kommt uns ein Bauer auf seinem Traktor in die Quere. Voll Brennholz ist sein angehängter Wagen. Wir deuten ihm einen Gruß, den er sofort erwidert.
„Ja, der Winter," sinniert Simon, „irgendwann wird er schon noch kommen."
„Jetzt spüre ich auch beim anderen Fuß etwas. Dieses verdammte Bergabgehen." Sepp hat das gesagt.
„Du bist aber schon heikel auch. Auf der Ebene willst du nicht gehen, bergab auch nicht, man kann halt nicht ständig bergauf gehen."
Sepp knurrt etwas Unverständliches. „Wenn du daheim ständig bergauf gehst, dann bist zuletzt auf der Salve oben. Und von dort musst du dann auch wieder herunter gehen."
„Nein, wenn ich oben bin, dann kauf' ich mir eine Halbe – und herunter fahre ich mit der Gondel!"
„Streitet doch nicht an einem so schönen Tag!"
Die Mahnung von Simon wirkt: Wortlos wandern wir weiter.
„Du hättest Pfarrer werden sollen." Sepp schaut mich an.
„Warum?"
„Weil du so gut predigen kannst."
Bei Sepp hilft aber auch die beste Predigt nicht mehr, denk' ich mir und halte den Mund.

Der Wald lichtet sich wieder. Man sieht gut ins Inntal hinunter.
„Stans ist das dort unten, und weiter oben, das muss Schwaz sein." Simon wird recht haben.
Eineinhalb Stunden sind wir schon unterwegs, und noch immer ist kein Schloss in Sicht. Ein Schloss haben wir in Itter auch, es ist aber nicht zugänglich – das sei nur nebenbei erwähnt. Prächtige Buchen stehen hier im Wald. Diese schönen Stämme, weit hinauf kein Ast.
„Da wäre es ein Leichtes, Brennholz zu richten." Simon.
Simon hat auch viele Buchen im Wald, daheim. Große und sehr große. Sie brauchen aber auch Brennholz, heizen damit. Sie haben ein großes Haus, vermieten tun sie auch. Für noch etwas braucht er Holz: Simon brennt Hochprozentiges! Guten Schnaps brennt er. Uns Kartenspieler lässt er gelegentlich daran teilhaben. Wahrscheinlich auch die Fremden. Sie haben viele Stammgäste – nicht nur wegen dem Schnaps, nehm' ich an. Auch Simons Frau geht gut mit ihnen um, wie man immer wieder hört. In unser Heimatdorf Itter kommen viele Gäste. Für die haben wir sogar ein eigenes Tourismusbüro und Carmen eingerichtet. Sonst sind wir in einen größeren Verband zusammengeschlossen. Itter liegt auf einem Plateau und ist mit dem Auto von zwei Seiten zu erreichen, zu Fuß von mehreren.
Im Winter gehen die meisten Gäste Schi fahren, im Sommer wandern sie durch Wald und Wiesen. Letzteres sehen wir Bauern allerdings mit kritischen Augen. Obwohl wir keinen Flugplatz, keinen Bahnhof, kein großes Kino und keinen Wolkenkratzer haben, gefällt es den Fremden bei uns. Auch den Einheimischen gefällt es, und die vermehren sich. Bald wird es mehr als tausendzweihundert Itterer geben.

„Schaut! Eine Wildfütterung!" Simon, der Beinahejäger, sieht sie schon von Weitem. Diese Leute haben einen anderen Blick. Er geht stets voraus, der Blick, und ist immer darauf aus, ein Reh, einen Fuchs oder sonst etwas im Gebüsch zu erspähen. Hirsch labt sich derzeit allerdings keiner an der Futterstelle.
Wie angenehm dieses Buchenlaub raschelt. Gestern sind wir auch schon über so einen Laubteppich gegangen. Wo das war, fällt mir aber nicht mehr ein. –

Herrgott na, es ist schon bald Mitternacht! Schlafen gehen muss ich. Wenn ich ins Lesen oder Schreiben komme, übersehe ich die Zeit. Morgen nachmittags werde ich fertig erzählen, ein Altbauer hat ja Zeit – auch nachmittags.

Mittwoch, 27. Jänner 2016
Früher Nachmittag
Wetter: draußen scheint Sonne zwischen Wolken (wahrscheinlich auch dahinter)

Allein sitze ich in der Stube. Die Meine macht mit den Enkelkindern „eine Runde". Vom Mittagsschläfchen bin ich aufgewacht und sitze nun am Tisch. Mehr geschieht momentan nicht, weil mir nichts einfällt – schon zwanzig Minuten lang. Unsere Erlebnisse auf der Wallfahrt hab' ich fertig erzählen wollen. Ich hätte doch nicht aufhören sollen, gestern um Mitternacht. Also muss ich heute erzählen, was uns noch geschehen ist.

※

Schließlich kommen wir dann doch zum Schloss Tratzberg. Es ist allerdings geschlossen. Wir haben das schon vermutet. Ein Hund beginnt wütend zu kläffen. Ein kleiner Teich ist fast zur Gänze mit Buchenlaub bedeckt. Wenn man nicht mit offenen Augen durch die Welt geht, könnte so etwas nass enden. Knapp daneben steigen wir auf dem ebenfalls mit Laub bedeckten Wegl, das sich bergab schlängelt, ins Tal ab.
Schade, dass Schloss Tratzberg schon geschlossen hat. Das prächtige Gebäude, das man auf der Inntalautobahn schon von Weitem sieht, diente einst Kaiser Maximilian als Jagdresidenz. Weil ein Brand das Gebäude zerstörte, verlor der Kaiser Max das Interesse daran, und Tratzberg kam an die Gebrüder Tänzel. Die Bergwerksunternehmer waren darüber so erfreut, dass sie Tratzberg wieder aufbauten und für den edlen Kaiser zwei großzügige Räume einrichteten für den Fall, dass sich dieser in der Gegend aufhalten sollte. Der Graf, dem das Schloss heute gehört, hat es der Öffentlichkeit zugänglich gemacht, und es werden Führungen angeboten.

Einmal bin ich schon drinnen gewesen. Auf dem Rückweg vom Georgenberg könnten wir – das ist meine Befürchtung – einen neuen Schwall Kultur womöglich gar nicht vertragen. Wir sind so etwas nicht gewöhnt.
„Verdammt!" Im letzten Moment kann sich Sepp noch erfangen. Sehr rutschig ist dieses Laub.
Am Fuß des steilen Hangs entdeckt Simon schon wieder etwas: ein Bienenhaus. Logische Folge: Sepp und ich, wir dürfen (müssen) einen Vortrag über Bienenkunde über uns ergehen lassen. Aber das passt schon: Bienen braucht die Welt. Dazu setzen wir uns zweckmäßigerweise auf eine Bank. Warum stehen in Tirol überhaupt so viele Bänke in der Gegend herum?
Simon holt den letzten Traubenzucker aus dem Rucksack. Plötzlich beginnt er zu strahlen und tut geheimnisvoll. Was hat er denn?
„Da schaut her!" Simon zaubert drei Bananen aus dem Rucksack. Wunder gibt es auch heute noch. Jeder kriegt eine.
„Wo haben sich die nur versteckt?" Er habe seiner Frau, als er telefoniert hat, sogar Vorwürfe gemacht wegen der Bananen, sagt er. Sie habe aber stur und steif behauptet, die Bananen in den Rucksack getan zu haben.
„Jetzt magst du dir aber was einfallen lassen, du hast ihr Unrecht getan."
Er sieht seinen Fehler ein und wirkt tatsächlich ein bisschen bedrückt.
Uns schmeckt die Banane trotzdem. Ich lache still in mich hinein. Als unsere Lehrerin in der Volksschule mit uns einen Ausflug gemacht hat, ist mir zum ersten Mal eine Banane in die Hände geraten. Sie hat mir nicht geschmeckt – weil ich nicht gewusst habe, dass man sie ohne Schale isst. Aber das geht heute wirklich niemanden etwas an!

❦

Es ist siebzehn Minuten nach elf. Neben der Landesstraße marschieren wir Richtung Jenbach, begleitet von einem kleinen, schweigenden Gewässer. Das Wasser rinnt so langsam, dass man genau hinschauen muss, um eine Bewegung zu erkennen. An einer Stelle ist das Schilf, das dem Bach entlang wächst, niedergetreten – ein schmaler Pfad nur ist zu sehen. Was bedeutet das?
„Wildsauen", raten Sepp und ich.
„Nein", behauptet Simon. „Hier gibt es keine Wildschweine."
„Warum nicht?"
„Weil keine da sind."
„Und wenn doch?"
„Dann sind es keine vierbeinigen Wildschweine!"
„Aha, aber wer ist für das niedergetretene Schilf verantwortlich?"
„Der Wildwechsel", doziert er.
„Und welches Wild?"
„Rehe wahrscheinlich."
„Warum hast du keinen Jagdschein?"
Simon schweigt.

Simon ist schlau, aber bescheiden. Er kennt alles, was kreucht und fleucht und fliegt – und lässt alles gewähren. Und Sepp schaut auf uns herunter von seinem Hoamatl am steilen Barmerberg. Das Leben ist hart dort oben, aber auch schön. Halb Tirol liegt ihm zu Füßen. Aber auch ich darf nicht klagen. Der Hof hat uns ernährt, jetzt machen die Jungen weiter, und im Sommer auf der Alm bin ich sowieso dem Paradies sehr nah. Ein Weg zweigt nun rechts ab. Da muss es hinübergehen zu meinem Bekannten, einem alten Bauern, den ich von früher her kenne, allerdings schon lange nicht mehr getroffen habe.

Mich juckt es, und deshalb geb' ich das Kommando aus: „Da gehen wir hinüber."
„Müssen wir von dort dann wieder hierher zurückgehen?", fragt Sepp.
„Nein, wir können drüben weitergehen."
Von dem Bauern habe ich ihnen schon früher einmal erzählt. Nach ein paar Minuten sehen wir den Hof. Schon von Weitem sehen wir zwei Männer, die damit beschäftigt sind, Holz abzuschneiden.
Wir kommen näher. Den einen kenn' ich nicht, der andere muss Fritz sein. Oder? Nein, das ist nicht Fritz.
Wir begrüßen uns trotzdem, ich stelle Sepp und Simon vor und mich selber auch. „Wir sind auf Wallfahrt," erkläre ich.
„Aha", sagt der, den ich für Fritz halte. Der andere stellt die Kreissäge ab.
„Ihr seid beim Holz abschneiden?" Eine geistreiche Frage!
„Ja, bei dem Wetter geht das noch gut."
„Auf dem Georgenberg oben sind wir gewesen."
„Ja, dort ist es schön, dort oben," sagt er.
Kennt mich der überhaupt? Er macht gar keine Andeutung. Das muss der Junge, der Sohn vom Fritz sein. Eine gewisse Ähnlichkeit besteht schon, aber der Mann, der vor uns steht, ist jünger. Oder kann ein alter Mann jünger werden?
Belangloses reden wir nun.
Wenn das aber der Junge ist, was ist mit Fritz los? Hoffentlich ... lebt er noch? Soll ich fragen? Lange ist's her ... Wenn ich nun aber nach Fritz frage und der Mann vor mir womöglich doch Fritz ist, dann steh' ich ganz schön blöd da. Einmal habe ich den Jungen gesehen, vor langer Zeit. Damals bin ich aber allein unterwegs gewesen. Mit dem Auto. Heute sind wir zu Fuß unterwegs – zu dritt! Vielleicht hält er uns für einen Männergesangsverein, der eben eine Wallfahrt macht! Oder – ich erschrecke fast – ich hab' mich so verändert, dass er mich nicht mehr erkennt? Wahrscheinlich wirkt sich die

Veränderung nicht zu meinem Vorteil aus … Ich trete die Flucht nach vorn an.

„Wir gehen wieder", sage ich. „Man soll nicht Leute bei der Arbeit aufhalten."

„Nein, ihr habt uns nicht aufgehalten", erwidert Fritz?. „Wir haben ohnehin eine Pause machen wollen." Der andere Mann raucht schon eine. Fritz? macht Anstalten, das Gleiche zu tun.

Der Abschied fällt ganz formlos aus. Ich sage Fritz? oder seinem Sohn auch nicht, dass er Fritz einen schönen Gruß ausrichten soll.

Mit flottem Schritt entfernen wir uns.

„Ist das jetzt Fritz, dein alter Bekannter gewesen?", fragt Simon schmunzelnd.

„Ich … ich weiß es nicht. Nein, ich glaube, das ist sein Sohn gewesen."

Wir hätten da erst gar nicht herübergehen sollen. Allmählich nähern wir uns Jenbach. Blöd gelaufen ist das zuerst. Ich hätte einfach fragen sollen. Aber nun ist es zu spät. Plötzlich steht eine riesige Halle vor uns. Sollen wir sie auf der Straße umgehen oder dem schmalen Pfad auf der Rückseite folgen? Wir entscheiden uns für die Rückseite. Umgeschnittenes und herumliegendes Staudenwerk erschwert das Weiterkommen auf dem schmalen Weg. Wir hätten das längst verräumt. Weil das hier aber nicht geschehen ist, müssen wir vorsichtig drübersteigen und kommen nur sehr langsam voran.

Nach gut dreihundert Meter erkennen wir, dass wir uns in einer Sackgasse befinden.

Sepp schimpft laut, ich leise.

„Das war wieder notwendig!", mault Sepp.

„Kommt, gehen wir zurück!" Simon hat die besten Nerven.

„Ein guter Freund! Es ist ja völlig egal, wenn ich mich mit Fußblasen durch die Gegend quälen muss. Ich hasse Abstecher und Umwege!"

Als wir das riesige Werksgebäude nun von der anderen Seite umrunden, nehmen wir erst den Bach daneben wahr, der aus einer großen Halle strömt!
„Das ist das TIWAG-Kraftwerk", weiß Simon, unser Lexikon. „Das Wasser kommt vom Achensee herunter."
„Aha …", staunen wir.
Simon hätte wirklich das Zeug zum Studieren. Man hätte ihn allerdings viel früher darauf hinweisen sollen. Dieses Grundwissen, das der hat – alle Achtung!
Der Weg durch Jenbach zieht sich. Endlich weist ein Schild zum Bahnhof, den wir kurz darauf tatsächlich erreichen. Er schaut ganz anders aus als gestern. Aber gestern sind wir auch von der anderen Seite gekommen – mit der Zillertalbahn.

⁂

„Kaffee gibt's!"
„Was gibt es?"
„Kaffee!"
„Bist du schon da?"
„Du siehst und hörst ja nichts mehr, wenn du beim Schreiben bist."
Die Meine ist wieder da. Und ein bisschen hat sie recht. Es ist nicht das erste Mal, dass sie mich überrascht, wenn ich beim Lesen oder Schreiben bin.
Also trinken wir Kaffee.

Montag, 1. Februar 2016
Fünf vor acht Uhr abends
*Wetter: in der Früh Regen, später sonnig,
jetzt trocken und dunkel*

In der Küche sitze ich am Tisch, habe vor, unsere Wallfahrt zu Ende zu erzählen. Zuerst habe ich mir in der Stube die Nachrichten angeschaut, danach den Fernseher der Frau überlassen.
Wir sind also zum Bahnhof in Jenbach gekommen.

※

Zum Glück ist ein Schalter besetzt. Diese Fahrkartenautomaten mögen wir noch immer nicht. Der Mann gibt uns bereitwillig Auskunft und zuletzt drei Fahrkarten. Billig sind sie. Auch am Georgenberg oben haben wir recht günstig gelebt. Kaum der Rede wert, was wir bisher an Geld gebraucht haben.
„Wir tragen ja das ganze Geld wieder heim," meint Simon.
„Das Gleiche hab' ich auch gerade gedacht."
„Ich versauf' beim Rösslwirt noch alles", kündigt Sepp an.
„Wir müssen daheim ja nicht damit prahlen, dass wir kaum Geld gebraucht haben." Sonst haben wir umsonst gespart, sind wir uns einig.
Der Zug fährt in vierzehn Minuten. Auf einer kalten Bank am Bahnsteig warten wir auf ihn.
„Gewaltig, was dir so alles unterkommt in zwei Tagen", sinniert Simon vor sich hin. Dann: „Wie geht es deinen Füßen, Sepp?"
„Ah, es geht so."
„Ich hab' mir die Füße mit Hirschtalg eingerieben", sagt Simon, „und alte Socken angezogen."
„Ich hab' neue an." Sepp.

Eine Durchsage beendet den Dialog, und wir springen auf. Sie haben allerdings nicht unseren Zug gemeint. Aber hinsetzen wollen wir uns auch nicht mehr – nicht, dass wir auf den Zug warten und ihn zuletzt dann verpassen! Noch ein paar Leute scheinen auf diesen Zug zu warten. Zwei sind dabei sich zu verabschieden, zuletzt schmusen sie nur noch.
Wir schauen weg.

⁂

Nun sitzen wir drei allein in einem Abteil für sechs. Ein Herrenmantel hängt noch da, allein.
„Den wird einer vergessen haben", vermute ich.
„Oder er kommt noch", meint Sepp.
Nun fahren wir also mit dem Zug heimwärts. Das haben wir in unserer Planung so vorgehabt – diese Bahnfahrt gestern allerdings nicht.
„Sepp, jetzt könntest du die Schuhe ein Weilchen ausziehen."
„Nein, dann komm' ich nicht mehr hinein." Den Sepp wird es vermutlich ärger erwischt haben, als er zugibt.
„Simon, du kriegst noch Geld für die Fahrkarten!"
Er nimmt nichts an.
Auf der anderen Talseite sehe ich wieder Rotholz. In diesem kleinen Ort gibt es noch etwas Wichtiges: die Landwirtschaftliche Lehranstalt! Für Menschen beiderlei Geschlechts. In der Anstalt wird der ländlichen Jugend das Einmaleins des Lebens vermittelt. –
Bah, der Zug beschleunigt nun, da ist Schmalz dahinter! Wortkarg sitzen wir da, aber faul wird keiner, nur ein bisschen müde. Ich spiele mit den Gedanken, versuche sie in Sätze zu fassen, ein kleines Gedicht ist im Entstehen in meinem Kopf …
„Wie kommen wir von Wörgl nach Itter? Ich werde daheim anrufen." Simon.

„Nein," entgegne ich. „Wir werden ein Taxi nehmen – vom Bahnhof bis zum Rösslwirt. Und dort will ich noch gut essen."

„Das will ich auch", meint er. „Und du hast recht, ein Taxi vermögen wir uns auch noch."

Sepp bleibt kommentarlos.

Auch diesmal kommt kein Schaffner. Es wundert mich nicht mehr, dass die Bahn jedes Jahr ein Defizit baut, wenn sie zu bequem zum Kontrollieren sind. Es fahren noch ganz andere mit der Bahn, die nicht so ehrlich sind wie wir und Karten kaufen – die dann nicht gezwickt werden.

❦

In Kundl fliegen wir durch.

Gestern haben wir dort beim Heraufgehen ein Vergehen begangen. Der Rad- und Wanderweg ist gesperrt gewesen, provisorisch. An der Unterseite einer Brücke haben hoch oben zwei Arbeiter auf einem Gerüst mit einem Schremmhammer gearbeitet. Staub und kleine Betonbröckchen sind herabgerieselt. Wir sind trotzdem unten durchgegangen. Ein Aufpasser, der zuerst gar nicht vorhanden gewesen ist, hat uns etwas nachgerufen. Schon gut, haben wir ihm gedeutet – und sind auch schon durch gewesen. Nicht ein Stäubchen hat uns getroffen.

Was haben die dort oben an der Unterseite der Brücke überhaupt gemacht? Haben sie sie zum Einsturz bringen wollen, um sie dann wieder neu aufbauen zu können? Man hört ja manchmal, dass die Bauwirtschaft mehr Aufträge bräuchte.

❦

Chris Lohner, die Stimme der österreichischen Eisenbahn!, sagt uns durch den Bordlautsprecher, dass wir in Kürze in

Wörgl ankommen werden. Wir stehen auf, stellen uns vor die Waggontür und warten.
Zünftigen Hunger verspüre ich plötzlich. Wir haben zwar spät und ausgiebig gefrühstückt, später auch noch eine Banane gegessen.
„He, hast du einen Rausch?", fragt Sepp.
Ich hab' mich einhängen müssen beim Fußmaroden, und der Simon sucht bei mir Halt. Wenn ein Zug das Geleise wechselt, kommt man unter Umständen gehörig ins Wanken.
Ah, herrlich ist es, im Freien wieder festen Boden unter den Füßen zu haben. Auch Sepp und Simon machen zuerst unsichere Schritte. Als wenn ich eine ganze Woche unterwegs gewesen wäre, so fühle ich mich. Ein wenig müde, aber reich an Erfahrung.
Der Taxifahrer hat seine Freude mit uns – und wir mit ihm. Viel erfährt er von uns. Nein, sagt er, er sei noch nie auf Wallfahrt gewesen. Verzeihen ist Christenpflicht, also verzeihen wir ihm. Wer weiß, ob er überhaupt einen Glauben hat? Geduldig zuhörend, bringt er uns sicher ins Mühltal zum Rösslwirt. Sechzehn Euro will er dafür. Nicht unterbezahlt, wo er doch so viel Neues erfahren hat, was sein Leben nur verbessern kann.
Sepp fackelt nicht lange herum und zahlt.
Somit hat jeder von uns etwas bezahlt. Eigentlich hätten wir mit mehr gerechnet. Manchmal ist es gar nicht so leicht, Geld loszuwerden. Frohgemut fährt der Taxler wieder Richtung Wörgl, wir verstauen die Rucksäcke in unseren Autos.

Wenn dieser Gasthof auch von außen schön anzuschauen ist, so muss doch gesagt sein, dass er drinnen noch schöner ist. Wir setzen uns an den Tisch, der auch an den Sonntagen beim Kartenspielen der unsrige ist. Es ist viel los. Was uns

aber nicht weiter stört, weil das öfter so ist beim Rösslwirt. Die Chefin grüßt uns kurz: „Wo kommt ihr heute her?"
„Auf Wallfahrt sind wir gewesen."
„Was – ihr drei auf Wallfahrt?"
„Ja, am Georgenberg oben sind wir gewesen – zu Fuß."
Sie lacht. „Ich schick' euch Gudrun", sagt sie und ist schon wieder weg.
Die hat uns das jetzt gar nicht geglaubt. Da gehen drei Bauern auf Wallfahrt, und dann …
„Sepp, du bist schuld, dass uns niemand mehr etwas glaubt, weil du immer so aufschneiden musst." Das sagt ausgerechnet der Sepp, der oft schaurige Märchen mit wenig Wahrheitsgehalt erzählt!
Die Wirtin glaubt uns nicht! Das tut direkt weh. Wenn doch alles so wahr ist – der Fußmarsch, Sepp seine Fußblasen, der Aufstieg durch die Wolfsklamm, die Übernachtung oben auf dem Felsen …
Gudrun erscheint. „Ihr wollt Kaffee?"
„Nein, keinen Kaffee. Etwas Ordentliches. Wir sind weit …"
Mehr sag' ich ihr nicht, wahrscheinlich würde uns Gudrun genauso wenig glauben wie ihre Chefin.
„Also bring' ich euch die Speisekarte."
„Ja, mach das. Was ist denn los heute da?"
„Ein Verwandter vom Bischof feiert Geburtstag. In der großen Stube drüben."
Aha! Vom Bischof ein Verwandter im Haus, aber uns glaubt man nicht! Unsere Hochstimmung hat einen Dämpfer bekommen. Warum bloß zweifelt sie an uns? Traut sie uns einen langen Fußmarsch gar nicht zu? Sind wir schon zu alt für so etwas? Unser Durchschnittsalter beträgt siebenundsechzig komma drei Jahre. Das habe ich letzthin einmal ausgerechnet.
Gudrun stellt sich vor uns auf. Simon bestellt einen süßen Radler und ein Cordon bleu.

„Ich mag auch einen Radler, aber einen sauren, und zum Essen ein Schollenfilet mit allem Drum und Dran."
Gudrun schaut erstaunt.
„Ja, wir haben Hunger!"
Sepp allerdings braucht nichts, außer einem Bier.
Wortlos sitzen wir da, trinken und warten.
Simon setzt an, etwas zu sagen, lässt es aber bleiben.
„Du hast etwas sagen wollen?"
„Ja, nein ... nur so eine Idee."
„Was für eine Idee?"
„Ich hab' mir soeben gedacht ..."
„Sag schon! Was hast du dir gedacht?"
„Du schreibst ja öfter etwas auf. Du könntest einen, ich mein', du solltest einen kurzen Bericht schreiben."
„Über was?"
„Über unsere Wallfahrt."
„Aha, über unsere ..."
„Was wir alles erlebt haben gestern und heute. Und dann kopieren wir uns diesen Bericht, dann haben Sepp und ich auch etwas in der Hand."
Naja, so dumm ist diese Idee gar nicht.

※

Lenz kommt herein, setzt sich einfach zu uns.
Hoffentlich geht er gleich wieder.
„Lenz, geht es dir gut?"
„Nein", knurrt er. Mehr nicht.
Lenz ist manchmal ein bisschen komisch. Manche fürchten sich vor ihm, obwohl er niemandem etwas tut.
„Du wirst wieder weiter müssen."
„Ja," sagt er, bleibt aber sitzen.
Lenz hat früher in einer Fabrik gearbeitet. In der Technikabteilung, hat er immer und überall betont. Jeder hat aber ge-

wusst, dass er Schraubenmuttern sortiert hat. Und dann hat er einmal durchgedreht. (Ich würde auch schwindelig werden bei dieser Arbeit.) Den Vorarbeiter soll er verprügelt haben, sagt man. Daraufhin hat man Lenz ein paar Jahre nicht mehr gesehen. Jetzt bezieht er eine kleine Rente.
„Lenz, was tust du so?"
„Ich hab' schon gepackt."
„Wie meinst du das?"
„Wir werden gehen müssen."
„Wer wird gehen müssen?" Er sagt nichts, schaut nur.
„Lass ihn", meint Simon. „Magst eine Halbe, ich zahl' sie dir."
„Nein", lehnt er ab. „Es haben nicht alle Platz – im Paradies."
„Doch, Lenz! Im Paradies werden wir alle Platz haben, wenn es einmal so weit ist."
Gudrun bringt unser Essen, und Lenz geht wieder.
Herrlich schmeckt alles!

⚜

Ja, so ist das alles gewesen bei unserer Fußwallfahrt auf den St. Georgenberg!
Und jetzt bin ich fertig!
Gute Nacht!

Literarischer Nachschlag

Zwei Sieger?

Um zehn Uhr erfolgt der Start.
Der Eine setzt sich gleich an die Spitze. Ein bisschen eng geht es zu, aber er fährt die Ellenbogen aus und verschafft sich damit Platz. Dann läuft er, gleichmäßig und schnell. Ein paar halten zuerst noch mit, nach und nach fallen dann aber alle zurück. Er schaut nur nach vorn, lässt sich von nichts ablenken. Nur so kann man Höchstleistungen erbringen.
Immer höher führt ihn der Streckenverlauf auf den Berg. Er fängt zu schwitzen an, die Beine werden ihm schwerer, aber er lässt nicht nach. Das Ganzjahrestraining macht sich nun bezahlt, gibt ihm die nötige Kraft und Ausdauer.
Jetzt sieht er schon hinauf zum Ziel, mobilisiert die letzten Reserven – und gewinnt mit großem Vorsprung. Zufrieden mit sich und dem Preisgeld lässt er sich dann feiern.

∽∾

Der andere nimmt heuer zum ersten Mal teil an diesem berühmten Berglauf. Er fühlt sich auch gut, doch schon nach wenigen hundert Metern spürt er, dass er mit denen ganz vorn nicht mithalten kann. Es stört ihn nicht, kommt er halt später ins Ziel.
Nach einem Kilometer lässt er das Laufen überhaupt sein und geht nur noch. Er ist allein, sogar die Langsamsten sind an ihm vorbeigelaufen. Auch gut!
Die ersten Frühlingsboten an der Wegböschung fallen ihm auf. Buschwindröschen und Hänsel und Gretel strecken sich der warmen Frühlingssonne entgegen. Er bewundert sie ein paar Sekunden, geht dann weiter. Ein kleines, weinendes

Mädchen unweit des Wegs hemmt seinen Schritt. Ihr Ball hat sich im Geäst eines Baums verfangen. Er klettert – mit Mühe – hinauf und befreit den Ball. Das dankbare Lächeln des Mädchens macht auch ihn glücklich.
Wieder geht er weiter.
Weiter oben setzt er sich auf eine Bank neben dem Wegkreuz. Der herrliche Blick übers Tal erfreut ihn aufs Neue. Er bleibt sitzen, genießt die Ruhe, lässt die Gedanken schweifen … auch auf den Gekreuzigten schaut er lange, dann steht er wieder auf.
Nachmittags – das Ziel ist längst abgebaut – überschreitet er die Ziellinie. Niemand empfängt ihn, alle sitzen schon Stunden im Berggasthof.
Trotzdem hat er gewonnen!

Eigentor?

Der Milchpreis ist derzeit auf sehr niedrigem Niveau, weil zu viel Milch auf dem Markt ist.
Milchbauern sind zornig, auch auf ihre Vertreter im Land und in der EU.
Bauern und Kühe mit Höchstleistungen werden aber gelobt und als Vorbilder hingestellt.

Vorsicht

Florian hält sich bei Beerdigungen – genauer, bei der anschließenden Einsegnung – unter den wartenden, betenden Kirchgängern nicht in deren Mitte, sondern am Rand derselben auf.
Er fürchtet den Satz, den der Pfarrer immer am Schluss der Zeremonie spricht: „Wir beten auch für den aus unserer Mitte, der als Nächster vor das Antlitz Gottes treten wird. Vater unser …!"

Pech

Um dem anrückenden Gewitter und den damit verbundenen bedrohlichen Blitzschlägen zu entgehen, steigen Heinz und Brigitte schleunigst den Berg hinab und kommen heil im Tal an.
Dort läuft Heinz allerdings in ein fahrendes Auto.
Die Beerdigung ist am Montag um 14 Uhr!

Der Stuhl

Ein Stuhl steht auf vier Beinen,
dies möchte man meinen.
Einer trägt die ganze Welt,
in Rom ist dieser aufgestellt!

Durchs Rohr geschaut

Er hat – trotz Warnung – hineingeschaut ins Rohr.
Jetzt hört und sieht er weniger als zuvor!

Verkalkuliert

Komm in mein neues Himmelbett,
zu zweit wär's sicher doppelt nett!

„Bin Exekutor", sagt die Frau.
„Ein schönes Bett, so himmelblau!
Das muss ich Euch jetzt pfänden!"
So können Träume leider enden!

Nur ein Verdacht

Er redet viel, er redet gern,
denkt A für sich, sagt aber B,
fühlt sich wie vom andern Stern,
will keine Kälte, doch viel Schnee,
er predigt Wasser und trinkt Wein:
Der könnte glatt Politiker sein!

Der Knorpel

Zu essen gab es Hühnchen mit Reis.
Wer wollte, bekam danach noch Eis.
Erich hat das Hühnchen sehr genossen –
danach für immer die Augen geschlossen.
Ein winziger Knorpel ist stecken geblieben.
Hat gestern groß eine Zeitung geschrieben!

Falscher Verdacht

Pilze gegessen haben Rosa und Peter.
Tot gefunden hat man sie erst später.

Gas hat die beiden dahingerafft,
weil irgendwo ein Risschen klafft!

Opa

Der Opa ist der Allerbeste,
hat's geheißen noch beim Feste. –

Nun sitzt er im Altersheim.
Die Jungen brauchen 's Haus allein!

Festesfreude

Wir feiern heute [Peppis] großen Tag!
Ob's der letzte werden mag?
Kommt herein und setzt euch nieder,
und nach dem Kaffee geht ihr wieder!

Dieses Gedicht ist ein Geburtstagsgedicht. Der jeweilige Name des Geburtstagskindes kann zwischen den Klammern eingesetzt werden. Es empfiehlt sich, das Gedicht schon beim Eintreffen der Gäste vorzutragen.

Geburtstagsfeier

Sein Geburtstag wurde gefeiert gebührlich.
Zuerst ging's auch zu ganz manierlich,
später aber floss der Alk in Strömen,
die Sau ließen sausen die Schönen.

Nun fehlt dem Opa der letzte Zahn.
Sein Jüngster, hört man, hat es getan!

Falsche Haarpracht

Ach, Hannelore, dein schönes Haar
einmal zu streicheln – wunderbar!
Versuch es, du wirst schon sehen,
was dann alles wird geschehen.
Peter hat den Versuch auch gewagt
und ist seitdem nur noch verzagt.
Seit drei Wochen schmerzt der Rücken,
und zum Gehen braucht er Krücken.
Seine Frau hat das Streicheln geseh'n!
Dies nur, um dieses zu versteh'n!

Spaziergang am See

Zwei geh'n spazieren über'n eisigen See
bei saukaltem Wetter und zu wenig Schnee.

Er hat seiner Gattin den Vortritt gelassen.

Jetzt muss er allein das Geld verprassen!

Endlich wieder

Sonnenstrahlen lugen durchs Geäst,
wärmen den frühen Wanderer.
Zügig geht er bergauf auf dem schmalen Steig
seinem, jedes Jahr aufs Neue ersehnten Ziel entgegen.
Dann ist er dort und dankt Gott dafür.
Später kommen Kühe, Kälber, Ziegen und Sauen nach.